JN227832

少年名探偵 虹北恭助の新・新冒険

はやみねかおる

KODANSHA NOVELS
講談社ノベルス

イラストレーション　やまさきもへじ
カバーデザイン　Veia　斉藤昭
ブックデザイン　熊谷事務所

今まで「赤い夢」を見せてくださった
推理作家のみなさまに――。

少年名探偵
虹北恭助《こうほくきょうすけ》の
新新冒険

CONTENTS

New·New Adventure I
春色幻想 …… 9

New·New Adventure II
殺鯉事件 …… 59

New·New Adventure III
聖降誕祭 …… 119

あとがき …… 212

New·New Adventure I 春色幻想

闇が支配する静かな空間——。

どこからか、霧のようなスモークが流れてくる。

扉が音もなく開き、爆発するような拍手が起きた。そして、激しいスポットライトの光に、二人の人間が浮かび上がる。

あれ、鉄也《てつや》君と久留美《くるみ》じゃない？

鉄也君は七五三みたいな派手なタキシードを着てるし、久留美は真っ白でヒラヒラしたウエディングドレスを着てる。

ああ、そうか……。

今、わたしは鉄也君と久留美の結婚式に出てるんだ。

そして、もう一つわかったことがある。

これは、夢なんだってこと。

だって、鉄也君も久留美も、わたしの同級生で同じ中学二年生。まだ、結婚できる年齢じゃない。

それに、鉄也君と久留美の結婚も、なんかピンと来ない。

そりゃ、二人は公認の仲で、付き合ってるのは事実だ。でも、どうして鉄也君と久留美が恋人同士なのかが、納得できないのよね……。

なんせ、鉄也君って言ったら『瞬間湯沸かし器』って異名を持つ暴れん坊だ。(『暴れん坊将軍』とも言われている)

久留美ん家《ち》の犬をイジメたり、歩道にとめてある自転車を倒したり、同級生を殴ったりと、悪い噂《うわさ》には事欠かない。(選挙カーに石を投げたって話もある)

それに比べて、久留美は大人しい目立たない娘《こ》だ。

あの二人が、夢の中とはいえ、結婚するかな……。

わたしは、隣にいる恭助《きょうすけ》をつついて訊いた。

「ねぇ、恭助はどう思う?」

すると、恭助は少し怒ったような声で、

「ダメだよ、静かにしてなきゃ」

と言った。

へ?

恭助をよく見ると、腰まである赤みがかった髪を丁寧《ていねい》に後ろでまとめ、紋付き羽織袴《はおりはかま》姿。

なんでそんな格好をしてるのよ？

わたしはと見てみると、文金高島田《ぶんきんたかしまだ》に綿帽子の花嫁姿。

なんなの、これ？

不思議に思ってると、朱塗りの杯《さかずき》を手渡される。

え？

「さぁ、グーッとあけてあけて！」

巫女《みこ》さん姿の由美子《ゆみこ》さんが、わたしの持った杯に、なみなみとお酒を入れる。（由美子さん、『FADE　IN』のバイト辞めて、巫女さんを始めたのかな？）

わきあがる『一気コール』！

わたしは、わけがわからないうちに、杯を飲み干した。

「ミゴトナ、ノミップリデスネ」

目の前にいる外国人の神父さんが、わたしにウィンクを一つ。

そして、モーニングコート姿の恭助に、

「ソレデハ、チカイノキスヲ――」

と言った。

いつの間にか、わたしは純白のウエディングドレスを着ている。

恭助が、わたしの顔の前のベールを上げた。

ああ……夢ならではの展開の速さに、ついていけない！

そして、恭助の顔が迫る。

え――――――――――


――――――――――っ！


というわけで、わたしは派手な音を立て、ベッドから転げ落ちた。

目を開けると、わたしの顔に、縫いぐるみのキョウが頬《ほお》をスリスリしている。

まったく、もう！

わたしは、キョウを顔からひっ剝《ぺ》がすと、ベッドの上に放り投げた。

火照《ほて》った頬を、ペシペシ叩く。

ああ、ちょっと落ち着いてきた……。

ベッドの上のキョウが、そんなわたしを笑ってるみたいだ。

キョウは、クレーンゲームで三千六百円かけて手に入れた犬の縫いぐるみ。長くて赤い毛と猫みたいに細い目が、どこかの誰かを思い出させるので、結構お気に入りの縫いぐるみだ。

「可愛いでしょ」

と、キョウを見せると、わたしの友だちは複雑な笑顔を見せる。(『物好きね』と言いたそうだ)

昨夜は、キョウと枕を並べて寝た。だから、恭助と結婚するなんて夢を見たんだろう。でも、わからないのは、鉄也君と久留美も結婚式を挙げてたこと。

夢の中でも思ったんだけど、鉄也君と久留美が、結婚するとは思えない。(ていうか、鉄也君のどこがいいの……?)

うーん、不思議だ……。

わたしは、キョウを抱き上げる。

「ねぇ、この謎を解いてよ」

そう言ったけど、キョウの目は細いまま。まったく、縫いぐるみは仕方ないわ……。

本棚のお気に入りの場所に、段ボール箱で作った『キョウの小屋』。そこにキョウを戻し、わたしは窓を大きく開けた。

そして、朝の空気を胸いっぱい吸い込んだ。

うん、大丈夫! ちょっとばかり、ひんやりしてるけど、前みたいに胸が痛くならない。

やっと、春が来たみたいだ。

暦《こよみ》の上では、とっくに春になってたけど、太陽の光も吹き抜ける風も、あくまでも冬を主張していた。

でも、今朝《けさ》は——。

屋根の向こうに見える街並みも、なんとなく昨日までとは違って、輝いて見える。

春休みだから寝坊してていいんだけど、今朝は、妙な夢で早起きしてしまった。でも、おかげで春が来たのを知ることができたから、良しとしよう。

わたしはピンクのマジックを取り出すと、カレンダーの今日の日付に、『Spring has come!』と書き入れた。


この日のためにとっておいた服を、クローゼットから出す。

白のキャミソールに桜色のカシュクール。デニムのパンツと幅広ベルト。

春用の香水——GUERLAIN《ゲラン》のチェリーブロッサムを、手首と膝の裏側、そしてお腹にシュッと一吹き。

これで、ファッション雑誌のカメラマンに、声をかけてもらう準備はO・K・だ。

それでは、着替えの時間を利用して、少し自己紹介を――。

わたし、野村響子《のむらきょうこ》。この四月から中学三年生になる。

年齢とともに女らしさもヴァージョンアップしてると思ってるんだけど、下駄箱に入るラブレターの数には変化がない。これは、わたしに責任があるのではなく、世の男どもが、わたしのレベルアップについてこれないことに原因がある。

家は、この虹北《こうほく》商店街でケーキ屋さんをやっている。

お父さんは、娘のわたしから見ても腕の良いケーキ職人だと思う。でも、最近は、不況を打開する方に気持ちが行っちゃってて、妙なケーキを開発しては、見事に打ちのめされている。

先日も、春のケーキフェアを考え出し、『お花見ケーキ』を開発した。

「一升瓶のお供に!」をキャッチフレーズにした大人のケーキだったんだけど、二個しか売れなかった。

お父さんが落ち込んだことは、言うまでもない。

さて――。

肩まで伸びた髪を後ろで束《たば》ね、すっかり春のファッションに身を包んだわたしは、これからの予定を考える。

家にいると、新作ケーキの開発につきあわされそうだから、パス。

だけど、出かけるとしたら、どこへ行こう？

友だちを誘おうにも、みんなデートの予定が入ってて忙しそうだし……。（まったく、サカリがついてるのは、猫だけじゃないわ）

仕方ないな。

「行ってきます！」

家の中に声をかけて、わたしは商店街の遊歩道に出た。

行き先は、虹北堂。ここは、夢にも出てきた幼なじみの虹北恭助の家。

恭助に会いにいくわけじゃない。なんせ、今、恭助は外国へ行っていて、行方不明の状態だ。

さて、ここで恭助について少し説明しておこう。

外見は、腰まである赤みがかった長髪と、猫のように細い目。

そして、恭助は、小学校の時からの不登校児童だ。

中学進学の時には、

「探し物があるんだ」

って言って、飼い猫のナイトと一緒に外国へ旅立ってしまった。まったく、何を考えてるのか、よくわからない。

お盆と正月には帰ってくるように約束させたんだけど、今までお盆に帰ってきたことがない。(前に、「ぼくは『覆水《ふくすい》』と同じだから」と寒い冗談を言って、わたしに殴られた)

で、この恭助、少し変わった能力がある。

いろんな不思議な事件を、見ただけで解いてしまうのだ。それは、まるで魔法を使ったみたいなので、わたしたちは恭助を『魔術師《マジシャン》』と呼んでいる。

いつもは猫みたいに細い目が、謎解きのときは大きく見開かれる。それは、全ての事実を映し出す瞳《ひとみ》。

だけど、恭助は自分の能力が、あんまり好きじゃないみたい。

「見ただけでわかるってことは、見たくないものまで見えてしまうってことでもあるんだよ」

以前、恭助がそう言ってた。

恭助としては、繊細《せんさい》な神経を理解してほしいところなんだろうけど、わたしはそんなに甘くない。

見えるもんは仕方ないじゃない！——この一言で、充分よ。

だいたい、可愛い幼なじみが、こうして待ってるってのに、平気でブラブラと外国をほっつき歩いてる人間に、繊細な神経があるとは思えない。

まったく、もぅ！　早く帰ってきなさいよね！

そうやってブツブツ言いながら歩いてたら、虹北堂の前に着いた。

虹北堂は、くすんだ色の木造の建物。他の店が色鮮やかで新しいので、虹北堂の前に立つと、なんだかタイムスリップしたような気分になる。

「恭じいちゃん、おはよぅ〜！」

勝手知ったる虹北堂だ。わたしは、店の奥に声をかけて、自由に古本の背表紙を眺め始める。

「じいちゃんなら、古本の買い出しに出かけちゃったよ」

奥から声がする。

なんだ、恭じいちゃん、いないのか……。

恭じいちゃんは、古本の買い出しという理由で、しょっちゅう旅に出かけてる。

いったん旅に出てしまうと、なかなか帰ってこない。恭じいちゃんの話だと、いろんな場所で事件に巻き込まれてるそうだ。(恭助が『魔術師《マジシャン》』なら、恭じいちゃんは『魔術師《マジシャン》の祖父《ジッチャン》』だ)

恭助がいない間は、仕方なく店番してたけど、どうやら我慢も限界に来たらしい。

「でも、不用心よね。虹北堂を放ったらかして旅に出ちゃうなんて……」

わたしが言うと、声が答える。

「ぼくが帰ってきたから、大丈夫だと思ったんだろ」

続いて、猫の「にゃぁ～」という声。

猫……ナイト！　なんで、ナイトが虹北堂にいるのよ！

「そりゃ、ぼくと一緒に帰ってきたからだよ」

声のする方を見る。

肩に黒猫のナイトを乗せ、黒いマントを着た恭助が立っている。

「恭助！」

「ただいま、響子ちゃん」

微笑《ほほえ》む恭助。

春の幻《まぼろし》なんかじゃない、本物の恭助だ。

「恭助ー！」

わたしは、恭助に向かって駆け出す。

そして、そのスピードと体重を乗せた左拳を、「脇から離さない心構えで、えぐり込むようにして」打った。

「毎度毎度のことだけど、ぼくが帰ってくるたびに殴るのは、止めてくれないかな……」

病院で右頬を手当してもらった帰り、お詫《わ》びの意味を目一杯込めて、恭助を『FADE IN』へ誘った。

わたしは、両手を合わせて、ひたすら恭助に頭を下げる。

恭助を待っている間、帰ってきたら暖かく迎えてあげようと思っていた。でも、なかなか帰ってこないので、その気持ちが怒りに変わっていったのね。

今は、恭助が帰ってくるたびに、わたしの必殺ブローが炸裂《さくれつ》している。

「でも、ちゃんと食べてたみたいね。ほっぺたが、ふっくらしてるもの」

わたしが言うと、

「これは、殴られて腫《は》れてるの」

恭助が、無傷の方の頬を、わたしに見せる。

話題を変えた方が、よさそうね。

「それはそうと、どうしてこんな時期はずれのときに帰ってきたの?」

わたしが訊くと、

「桜が見たかったんだ。外国でも見られるけど、なんだか無性にM川の桜が見たくなってね」

そうか、桜が見たくなったくらいで帰ってくるのか……。

だったら、わたしに会いたくなったって理由で、もっと頻繁《ひんぱん》に帰ってきたらいいのに。

そういう女心が、まったくわかってないのよね、この魔術師《マジシャン》は……。

そして、もう一つ訊きたいことがある。

もう、旅に出ないよね？——でも、なかなか訊くことができない。

「ずっと日本にいるよ」って答えてくれたらうれしいけど、もし、そうじゃなかったら……。

きっと、恭助はすぐに答えられないだろう。黙って、うつむくに決まってる。

そうなったら、わたしも何も言えない。

せっかく恭助が帰ってきてるのに、わたしも、うつむいてしまうに決まってる。

そのとき——。

「お帰りなさい、恭助君」

アルバイトの由美子さんが、わたしと恭助の前に、水の入ったグラスを置いてくれた。

ああ、そうだ。由美子さんについて、重大発表があるんだ。

なんと、由美子さんが婚約したのだ！

それも、相手は『FADE IN』のマスター!

でも、わたしが教える前に、恭助は、

「由美子さん、おめでとう」

と言った。

「どうして、由美子さんが婚約したってわかったの?」

わたしが訊くと、

「お正月にしていなかった指輪を、左手の薬指にしてたら、すぐにわかるよ」

恭助が、銀のトレイを持った由美子さんの手を見る。

「ありがとう、恭助君」

微笑む由美子さん。

このとき、わたしは思った。

由美子さんは、本当にマスターが好きなんだ。だから、こんな素敵な笑顔を見せることができるんだって——。

でも、最初にこのニュースを聞いたとき、わたしは絶対に嘘だって思ったな……。

由美子さんは、才色兼備で、未来のある素敵な女性だ。一方、マスターは四十歳に手が届きそうな、小さな喫茶店の経営主。

何も、〝これから〟の由美子さんが、〝これまで〟のマスターと結婚しなくたって……。

そう思ったのは、わたしだけじゃない。

『ＦＡＤＥ　ＩＮ』は、婚約を阻止しようとする若い男性客で、連日満員になった。

でも、誰に何を言われても、由美子さんは微笑んだまま、

「幸せになりますから」

と答えた。

その言葉を聞いた男性客たちは、がっくりと肩を落とした。

そして、商店街の酒屋と居酒屋、赤提灯《あかちょうちん》がやけ酒を飲む連中で賑《にぎ》わった。

「結婚式は来年の春にするんだけど――」

由美子さんが、恭助の顔を見る。

恭助は、少し考えて言った。

「そのとき帰ってきてたら、ぜひ出席させてください」

……そうなんだ。

やっぱり、また、恭助は外国へ行っちゃう気なんだ。

わたしの寂しそうな様子を見て、由美子さんが言う。

「招待状、どこに出したらいいかわからないから、出席にしとくわね」

「——ありがとうございます」

恭助が頭を下げた。

ふー、少し安心。これで、少なくとも来年の春に、恭助は帰ってくる。

となったら、今をどうするかが大切！　せっかく恭助が帰ってきてるんだもん。楽しい時間を過ごさなくちゃね。

さて、わたしは朝見た夢のことを恭助に話すことにした。

「ねぇ、鉄也君って覚えてる？」

「『暴れん坊将軍』だろ。覚えてるよ」

「久留美は？」

その質問にも、恭助はうなずいた。とにかく、恭助は記憶力がとても良い。何年経とうが、一度覚えた人のことを忘れたりはしない。

「じゃあ、その二人が結婚するようなことがあると思う？」

わたしは、夢の中身を詳しく説明する。（もちろん、後半部分の恭助との挙式場面は、カット！）

「別に、二人が結婚したって、何も問題ないだろ」

恭助が、運ばれてきたレモンスカッシュのストローをくわえる。

「でも、似合わないと思わない？　大人しい久留美の相手が、暴れん坊の鉄也君だなんて……。それに、鉄也君って、悪い噂しか聞かないよ。どうして、そんな人と……」

「ぼくは、鉄也は良い奴だと思うけどね。第一、その夢は、響子ちゃんが鉄也と結婚する夢じゃなかったんだろ」

「そりゃ、そうだけど……」

わたしだって、鉄也君が根っからの悪い人だとは思わない。ただ、ちょっとばかり暴力的で、口が悪く、敵を作るのが得意なだけだと思う。（うーん、こう書いたら、なんだか悪い人に思えてきた……）

「だいたい、夢の中で、誰と誰が結婚しようがかまわないじゃないか」

確かに、恭助の言うとおりだ。

でも、現実世界でも、鉄也君と久留美が付き合ってるのも、事実。

そのことを教えてあげると、恭助は少し目を大きく開いた。

「へぇ、そうなんだ。あの二人、いつからそんな関係になったんだい？」

「中学にあがった頃くらいからかな。ほら、久留美って、わたしに似て、大人しくて可愛いでしょ。当時は、やっかみ半分の男たちが、大騒ぎしてたわ」

恭助は、「わたしに似て」の部分で首をブルンブルンと横に振り、「大人しくて可愛い」

の部分で大きくうなずいた。——その仕草、忘れないからね。

「じゃあ、詳しいことは、本人に訊いてみるよ」

恭助が、ドアの方を見て言う。

わたしも振り返って、ドアを見た。

ガランとカウベルが鳴って、話題になってる鉄也君が入ってきた。

短く刈った髪と、鋭い目。高校生に間違えられそうな大きな体を、革ジャンパーにつつんでいる。

そして、彼の後ろに、左手に白い杖を持った女の人が立っている。

すみれ色のカーディガンを羽織った、鉄也君の五歳年上のお姉さん——泉子《いずみこ》さんだ。

泉子さんは、鉄也君の肩に右手を置いている。その両方の目は、閉じられている。

鉄也君が生まれてすぐ、泉子さんは失明した。わたしは、盲導犬と一緒に歩く泉子さんを、何度か見ている。

「あれ、恭助じゃん！　いつ、日本へ帰ってきたんだ？」

鉄也君が恭助を見つけ、わたしたちのテーブルにやってくる。

恭助も、片手を挙げて答える。

「昨日の夜遅くにね」

「帰ったんなら、連絡してくれりゃいいのに。相変わらず水臭《みずくさ》い奴だな、おまえは」

鉄也君に睨《にら》まれて、苦笑する恭助。

話の間も、鉄也君は泉子さんのために椅子を引いたり、杖を預かったりと、かいがいしく動いている。その動作が、すごく自然なのは、いつも鉄也君が泉子さんと一緒に行動していて、慣れているからだろう。

泉子さんの杖には、握りの下のところに、男物のハンカチが結んである。どうやら、鉄也君の物みたいだ。鉄也君が、そのハンカチで杖と椅子を結び付け、杖が倒れないようにした。

「おれの姉貴、覚えてるだろ」

テーブルについた鉄也君が、泉子さんを紹介する。つづいて、泉子さんに、わたしたちを紹介しようとする。

「姉貴も恭助を覚えてるよな。それから、隣りにいるのは――」

「野村響子さんでしょ。恭助さんの幼なじみの」

あっさりと答える泉子さん。

泉子さんは、目を閉じたまま、まっすぐわたしの方を見ている。まるで、目の前にいるわたしが見えているようだ。

わたしが不思議がってるのが、わかったのか、泉子さんがニッコリ微笑んだ。肩まで伸びたストレートの髪が、サラリと揺れる。

「さっき、恭助さんは、昨日の夜遅く帰ってきたって言いましたね。そして、次の日の朝早く、こうして女の子と会ってる。一番考えられるのは、近くに住む幼なじみのあなたでしょ」

「どうして、女の子と一緒にいるってわかったんですか？」

恭助の質問に、泉子さんの長い睫毛《まつげ》が、わたしから恭助の方を向く。

「ゲランのチェリーブロッサムをつけてるってのが、理由の一つ。でも、もっと大きな理由は、女性独特の雰囲気が、恭助さんの横からしてたからです」

「おそれいりました」

恭助が、頭を下げる。

なるほど……。

世の中には、恭助と同じ様な『魔術師《マジシャン》』がいるんだ。

「まったく、姉貴は目が見えないぶん、鼻が良いからな」

泉子さんの横で、鉄也君が頬杖をつく。

お姉さんを見る鉄也君の目は、すごく優しい。こんな姿を見てると、悪い噂が全然信じられなくなってくる。

鉄也君が、恭助を見て訊く。

「おまえが外国へ行っちまったのは、小学校を卒業したときだったよな。あれから、もう二年経ったのか。早いものだ。で、もう日本にいるんだろ?」

「いや――また出かけるよ」

恭助が、わたしの方を見ないようにして言った。

「じゃあ、高校はどうすんだ?」

わたしが訊けなかったことを、ズバズバ訊いていく鉄也君。

「行かないよ。ぼくは中学にも行ってないしね、学校に興味ない」

「そりゃ、残念だな……」

鉄也君が、椅子の背もたれに体を投げ出し、頭の後ろで両手を組む。

「おまえがいたら、今年一年の受験生活も、けっこう楽しいものになると思ったんだけどな……」

「鉄也は、志望高校決めてるんだ?」

「ああ」

鉄也君が、グラスの水を飲み干し、

「工業高校に行こうと思ってる。そして、将来はすごいロボットを作るんだ」

ロボットか……。

わたしは、中学一年のときにあった討論の授業を思い出した。

そのとき、わたしたちはペットロボットは是《ぜ》か非《ひ》かを討論した。

わたしも鉄也君も肯定《こうてい》するグループにいたんだけど、旗色は悪かった。

「機械じゃ、命の大切さがわからない」

「ペットロボットなんか、しょせんは機械。心が通じない」

そういった否定派の意見に、わたしたちは何も言い返せなかった。

そんなとき、鉄也君がボソッと言った。

「機械でも本物でも、どっちでもいい。ただ、機械でもいいから必要としている人がいたら――そんな人に、『機械は命が無いからダメだ』なんて、おれには言えない」

その言葉に、みんな黙ってしまった。

なんだか、鉄也君の言葉がすごく重いものに思えたからだ。

そんな鉄也君が、将来すごいロボットを作るって言ってる。わたしは、彼を応援しようと決めた。

「昨夜、盲導犬の特番やってただろ。見た？」

鉄也君が、突然、話題を変えた。

わたしはうなずいたけど、テレビを見ない恭助は、首を横に振る。

「盲導犬を一匹育成するのに、どれくらいの費用がかかるかわかるか?」

鉄也君が、恭助に訊く。

わたしは、昨日の番組の中で言われていた金額を思い出そうとしたが、数字に弱いわたしは、なかなか思い出せない。

「前に読んだ本じゃ、三百万円くらいかかるって書いてあったな」

恭助が、サラリと答える。

「盲導犬の数と、盲導犬を必要としてる人の数は?」

これも、確か番組の中で言われていた数字だ。

「盲導犬の数は昨年度末で八百七十五頭――」

恭助が、目を閉じて答える。

頭の中では、読んだ本のページを開いてるんだろう。(わたしも真似をして、頭の中に昨日の番組を思い浮かべようとしたが、思い出せたのは頭痛薬のCMだけだった)

「アンケートで、盲導犬を『今すぐ希望』『将来希望する』と答えた人は、約七千八百人。――あきらかに、盲導犬の数が足りないね」

「だから、おれが作るんだよ。盲導犬のロボットをな。それは、何も目が見えない人のためだけじゃない。盲導犬と同じことができるロボットがいたら、おれたちだって便利だからな」

そう言う鉄也君の目——強い意志を感じさせる、男の子の目。

なるほど。だから、鉄也君は討論の授業のときに、あんなことを言ったんだ。

「三年前に、わたしの盲導犬が死んでから、こんなことばっかり言ってるんですよ」

口に手を当てて、微笑む泉子さん。

でも、その口調は、とても暖かい。

「いくつになっても子どもなんですから……」

「いや、鉄也は、できないことを言うような奴じゃないですよ」

恭助が、言う。そして、鉄也君に向かって、

「大丈夫。おまえなら作れる！」

乾杯！　と言うように、レモンスカッシュのグラスを持つ。

鉄也君が、うれしそうにうなずいた。

「まぁ、おまえも、どこへ行ってもいいけどさ、早く日本で落ち着けよ。待っててくれる娘《こ》が、いるんだからさ」

わたしをチラリと見て、鉄也君が立ち上がった。

そして由美子さんにトイレの場所を訊いている。

「鉄也は、恭助さんが学校へ来なくなって、すごく寂しがったんですよ」

鉄也君がトイレに消えると、泉子さんが口を開く。

「恭助は、真実を見る目を持ってる。あいつといると安心するって——」

泉子さんが、細く長い指でティーカップを持つ。

「わたしからも、お願いします。できるだけ早く帰ってきてくださいね」

恭助が、黙って頭を下げる。

「みんなからはいろいろ言われてますけど、鉄也は優しい子なんです。わたしは、盲導犬が死んで、一時は家に引きこもってたんです。そんなわたしを、鉄也が引っぱり出してくれました。それからは、出かけるときは、できるだけ一緒にいてくれます。それに、こうしてお店に入ったときは、すぐにトイレの位置を確認したり、とても気を使ってくれてるんです」

泉子さんが微笑むと、赤い唇の間から白い歯がチロリと見えた。

そうか……鉄也君って、粗暴に見えるけど、細かく気配りができる人なんだ。

「あー、すっきりした！」

ハンカチで手を拭きながら、鉄也君が帰ってくる。

「ここのトイレは、きれいだね。姉貴も、行っとかなくて大丈夫か？」

さりげなく言ってるつもりなんだろうね。でも、鉄也君、妙に声が大きい。

わたしは、うつむいて笑ってるのが見えないようにした。

「それで、今日は何をしに『ＦＡＤＥ　ＩＮ』へ来たんだ？」

まじめな顔で、恭助が訊く。（どうやら、恭助も笑いを我慢してるって感じ）

「いや、ちょっと野暮《やぼ》用でな」

口ごもる鉄也君の横で、泉子さんがすかさず言う。

「久留美さんとデートなんです。『ＦＡＤＥ　ＩＮ』で待ち合わせするって」

そして、口元を手で隠して、

「まったく、デートに家族を付き添いに連れてくるなんて、久留美さんに失礼ですね。いつまでも、子どもなんだから」

さっきと同じ口調で言う泉子さん。

わかってる……泉子さんだけじゃなく、わたしも恭助もわかってる。

鉄也君は、引きこもりがちな泉子さんを、いろいろ理由づけて外へ誘い出してるんだってこと。

それに、鉄也君は、久留美に泉子さんのことを知ってほしいんだろう。ありのままの泉子さんを知ってもらおうと、二人が会う機会を、できるだけたくさん作ってるんだろう。

「うるせぇな！」

赤い顔をして、鉄也君がソッポを向く。

そのとき、カウベルがガランと鳴った。

ドアを開けて、久留美が立っている。

いつもかけてる丸い眼鏡を外し、学校では三つ編みにしてる髪を、ふわふわのウェーブにしてる。(この髪型、セットするのに時間がかかるぞ)

誰が見ても、彼女が今からデートなんだってわかる。

ピンクのタートルネックの上に、白いノースリーブのポロシャツを重ね着した久留美。

こんな娘《こ》が街を歩いてたら、絶対に声をかけてるね。(あっと、わたしは男の子じゃなかった)

「あれ、響子？　――それに、恭助君！　帰ってたんだ」

わたしたちに手を振る久留美。

恭助が、サンマをくわえた猫みたいな細い目をして、言う。

「久留美ちゃん、鉄也と付き合ってるんだってね。良かったね」

それを聞いて、恥ずかしそうに久留美がうつむく。

鉄也君が慌てて立ち上がって、泉子さんに杖を渡す。急いで帰り支度《じたく》を始める。

「せっかく久しぶりに会ったんだから、久留美さんに、恭助さんと話させてあげたらいいのに——」

杖を持った泉子さんが、しぶしぶ立ち上がった。

「いいんだよ。このままここにいたら、冷やかしの材料にされるだけなんだから」

泉子さんと久留美の背中を押して、ドアを開ける鉄也君。

ガランとなるカウベル。

鉄也君が振り返った。

「じゃあな、恭助。今度帰ってきたときは、忘れずに連絡しろよな」

「ああ……」

「入試を控えた受験生だからって遠慮したら、ぶっ飛ばすからな」

「わかってるよ」

鉄也君たちが出ていった。

残された、わたしと恭助。

わたしは、ストローでグラスの氷をかき回して言った。

「鉄也君って、おもしろい人だね」

「響子ちゃんは、まだ鉄也のこと、怖い？」

うーん……。

わたしは、今までこんなに鉄也君と一緒にいたことがなかった。

一緒に話してるうちに、悪い人じゃないって思えてきた。

それじゃあ、いろいろ言われてる噂は、なんなんだろう……？

「恭助も、覚えてるでしょ。保育園の時、鉄也君、近所の犬を棒で叩いたりして、先生に怒られてたじゃない」

わたしが言うと、恭助がうなずく。

「わたし、鉄也君と話して、そんなに悪い人じゃないって思えた。でも、恭助みたいに、鉄也君のことを、いい奴だとも思えない。だって、いい奴が、犬をイジメたりするかな……？」

「叩かれてたのは、久留美ちゃん家《ち》の犬だよ」

「それなら、よけいおかしいじゃない」

どうして、そんな人と、久留美は付き合ってるのよ？

「久留美ちゃんはね、響子ちゃんが知らない鉄也の良いところを、いっぱい知ってるからだよ」

そう言う恭助の右目——大きく見開かれている。

それに、今の言い方だと、久留美だけじゃなく恭助も知ってるってことになる。

でも、鉄也君の悪い噂は、他にもある。

「教えてくれないかな。鉄也について、どんな噂があるか——」

恭助に言われて、わたしは指折り数え出す。

まず、さっきも言った『近所の犬をイジメた』こと。

次に『歩道にとめてある自転車をたおした』こと。

三つ目は『選挙カーに石を投げた』こと。

他にも、しょっちゅうケンカしてるってのもあるけど、これまで入れたら多すぎるので、パス。

恭助は、目を閉じて、わたしの話を聞いている。

「響子ちゃんは、その三つの噂で、鉄也のイメージを作ってるんだ」

もちろん、それだけじゃないけどね……。

だって、鉄也君って、どこか乱暴で怖いんだもん。

「ねぇ、鉄也君の良いところって、どんなの？」

わたしが訊くと、恭助は細い目に戻って、

「響子ちゃん、『ルビンの壺《つぼ》』って知ってる？」

と逆に訊いてきた。

『ルビンの壺』――学校の教科書には出てこないけど、見たことがある。

「優勝カップみたいな壺の横に、顔が見えるって図形のことでしょ。だまし絵の本で、見たことあるわ」

わたしが言うと、恭助が補足する。

「ルビンの壺は、一九二一年にルビンが発表した『盃《さかずき》と顔図形』が元になってるんだ。心理学などの認識の研究にも使われたりする図形で、多義図形と言われてる。――響子ちゃん、聞いてる？」

恭助の言葉に漢字が多くなって、わたしが漢方薬を飲んだような顔になったのがわかったのだろう。

わたしを覗き込む恭助に、忍耐強い笑顔を返す。

恭助は、コップの水を一口飲んで、続きを始めた。

「心理学の本によるとね、人間は物を見るとき、その対象を無意識に『図』と『地』にわけて捉《とら》えてるようなんだ。『図』は、その対象の中の意味のある部分。『地』は、背景となる部分っていうようにね。で、多義図形は、『図』と『地』を反転させたときに、どちらも意味がある図形なんだ」

恭助の話を聞きながら、わたしは『春はあけぼの』とか『春眠、暁《あかつき》を覚えず』という言葉を思い出していた。

頭の中に、春霞《はるがすみ》がかかっていくようだ……。

「ルビンの壺で、壺と、向き合った二人の横顔——どちらを『図』ととるか、『地』ととるかで、見える物が違ってくる。おもしろいと思わないかい？　同じ物を見てるのに、ある人は『壺』の絵だと思い、ある人は『向き合った二人の横顔』だと思う」

わたしは、あくびが出そうになるのを我慢する。（今朝は、思わぬ早起きをしたしね……）

「響子ちゃんは、鉄也の噂を聞いて、鉄也を悪い奴と捉えた。だけど、ぼくは同じ情報を聞いても、鉄也をいい奴だと捉えてる。同じ情報だけど、ぼくたちは、まったく違った捉え方をしている。——こういうのを、多義情報っていうのかな？」

細い目をわたしに向ける恭助。まるで、ひなたぼっこしてる猫のような、ふにゃぁ〜とした顔だ。

わたしは、ややこしい話が終わったので、素朴な疑問を恭助にぶつけた。

「——つまり、恭助は何が言いたいの？」

「ルビンの壺で、『図』と『地』が入れ代わるように、響子ちゃんが知ってる『鉄也の悪い噂』を、ぼくがひっくり返してみせるよ」

「噂が間違ってるってこと？」

恭助が、首を横に振る。

「そうじゃない。三つの噂は全て事実だろう。でも、その噂から、ぼくは鉄也がいい奴だってことを証明してみせる」

両目を大きく開いた恭助の顔。それは、信じられないような魔術を見せてくれる『魔術師《マジシャン》』の顔。

テーブルに残っていた、鉄也君が使ったお絞りをマントの隠しに入れ、恭助が立ち上がった。

「じゃあ、行こうか——」

「行くって……どこへ？」

「魔術の舞台——まずは、久留美ちゃんの家へ」

商店街を抜けて、わたしたちは住宅街を目指す。

穏やかな春の陽射《ひざ》しをうけて、模型みたいな家がきれいに並んでる。

平日の午前中——道を歩いている人は、いない。

どこかの家から、ピアノの音が聞こえてくる。

四つ角で、恭助が立ち止まる。

「どうしたの?」

振り返ったわたしに、恭助が言う。

「久留美ちゃんの家、知ってる?」

わたしは、うなずいた。

「じゃあ、ちょっと一人で行ってみてくれない? ぼくは、少し後で行くから」

おかしなことを言う恭助だ。

わたしと歩いてるのを見られるのが、恥ずかしいんだろうか……?

とにかく、わたしは久留美の家を目指す。

そして、あと十メートルほどで彼女の家に着こうというとき——。

「ヴァオ!」

門柱の陰から、いきなり巨大な犬が顔を出した。

「わぁ！」

驚いたわたしは、尻餅《しりもち》をついた。（ああ、デニムのパンツが汚れちゃう）

巨大な犬は、なおも激しく吠えながら、鎖をガチャガチャ言わせる。

「わわわわ！」

後ずさりするわたしの背中が、何かにトンとぶつかった。見上げると、恭助が立っている。

「恭助、助けてよ！」

わたしが言うと、恭助は涼しい顔で言った。

「大丈夫だよ」

そして、綿菓子みたいな笑顔で、巨大な犬に近づいていく。

危ない！

いくら鎖でつながれてたとしても、下手《へた》に近づいたら、噛まれるじゃない。

しかし――しかし、犬は恭助が近づくと、

「クゥ～ン……」

と、鼻を鳴らして門柱の陰に引っ込んでしまった。

「どういうこと……？」

どうして、犬は恭助には吠えずに逃げてしまったの……？

首を傾げるわたしに、恭助が黙って微笑んだ。


住宅街から、駅前へ。

道も広くなり、交通量も増えてくる。

交差点の所では、市議会議員選挙に向けて、立候補者が演説をしていた。

そういや、鉄也君が選挙カーに石を投げたってのは、この場所だそうだ。

恭助に、そのことを言うと、恭助は、わかってるというようにうなずいた。

それにしても、選挙カーの音がうるさい。町中を、バカみたいに自分の名前を叫びながら駆け回ってる選挙カーもうっとうしいが、こんなふうに一ヵ所で怒鳴ってるのも、迷惑だ。

なんとなく、石を投げた鉄也君の気持ちがわかってくる。

「では、交差点を渡ろうか」

歩行者用の信号が青になって、わたしたちは横断歩道を渡った。

渡りきったところで、恭助が言う。

「響子ちゃん、ちょっと、我慢してくれる」

え？

なんのことだろうって思ったら、わたしはバンダナで恭助に目隠しされた。

「ちょ、ちょっと恭助……。これじゃあ、見えないよ」

「見えないぶん、耳をすませて。——さぁ、もう一度、渡るよ」

恭助に言われるまま、わたしは耳をすませる。

すると、目を開けてるときには気がつかなかった音が聞こえてきた。

「ピヨピヨピヨピヨ……」

これは、青になったのを知らせてくれる盲人用信号の音だ。今までも聞いてたんだろうけど、目が見えるときは、あまり気にしていなかった。

見えるから、かえってわからないこともあるんだ……。

うん、なんだかわたしは、少し大人になったような気がする。成長したわたしを、春のお日さまが、暖かく照らしてくれているようだ。

でも、「ピヨピヨ」の音が聞こえにくい。

選挙カーの、やかましい音が邪魔しているんだ。

そして、次の瞬間——。

わたしは、鉄也君の行動の意味を、全て理解していた。

「じゃあ今度は、駅前の、自転車がいっぱい停めてあるところへ行こうか」

恭助が言う。

でも、もうその必要は無い。

「もういいよ、恭助……」

わたしは、バンダナを外した。

もう、わたしには、全てがわかったから。


風に吹かれた桜の花びらが、わたしの髪の毛にフワリと着地する。

あの後、わたしたちはM川にやってきた。

堤《つつみ》をピンク色に染めている何百本もの桜たち。

たくさんの人たちが、堤と、その下の河川敷《かせんじき》を歩いている。

ベビーカーを押しながら散歩している若いお父さんとお母さん。保育園の子どもたちが、保母さんの後を賑やかに歩いている。

ビニールシートを敷いて、宴会をしているグループもある。

河川敷には、ミニカステラやトウモロコシの屋台が並んでる。

わたしは、ビックリたこ焼きを二つ買った。

そして、花見客とは少し離れた穴場に行く。ここは、M川グラウンドのレフトスタンド裏になるところだ。

大きな桜の木が三本。堤や河川敷からは死角になっていて、花見客が来ることは、ほとんど無い。

わたしたちは、土手に腰を下ろした。目の前で、M川がキラキラ光っている。

「全ては、泉子さんのためだったのね……」

そう言って、恭助の顔を覗き込むと、ニッコリ笑ってる。どうやら、わたしがたどり着いた答えは、正解だったみたいだ。

「久留美ん家《ち》の犬が、どうして恭助に吠えなかったか？——それは、恭助が、鉄也君の使ったお絞りを持っていたからでしょ」

うなずく恭助。その目が、大きく見開かれている。

「鉄也君は、泉子さんが盲導犬と一緒に歩くとき、あの犬が吠えないように、イジメたのね」

泉子さんの杖には、鉄也君のハンカチが巻いてあった。あれは、鉄也君の匂いが近づいてくると、犬が怯《おび》えて逃げるように、巻いていたんだ。

「昨夜のテレビで、盲導犬は、道で犬や猫に会っても無視するように訓練されてるって言ってたわ。でも、久留美ん家《ち》の犬くらい大きな声で吠えられたら、驚くよね……」

現に、わたしは急に吠えられて、尻餅をついてしまった。

「だから、鉄也君は、泉子さんが安全に歩けるよう――泉子さんに吠えつかないようにするため、犬をイジメた。この答えで、正解？」

ビックリたこ焼きを頬ばり、うなずく恭助。

鉄也君の噂の原因は、全て泉子さんのためだって考えたら、今まで見えなかったことが見えてきた。

「なぜ、鉄也君が選挙カーに石を投げたか？」

わたしは、桜を見上げて言った。

さすがに、桜堤まで選挙カーはやってこない。今、みんなが平和な雰囲気で桜を楽しんでるのに、マイクでガーガーやる立候補者がいたら、確実に支持者を減らすだろうから。

「鉄也君は、盲人用信号の音を守るために、選挙カーに石を投げたのね」

それにしても、不思議なことがある。選挙カーって、法律で取り締まれないの？

「それは、無理……っていうか、みんな法律の範囲内でやってることだからね……」

恭助が、大人びた口調で言う。

「でも、納得できない。いくら法律で許されてるからって……」

虹北商店街の人たちは、比較的、規則正しい生活をしている。

でも、そんな人たちばかりじゃないよね。

「前に、鉄也が言ってた。近所で赤ん坊が生まれて、母親は夜泣きで悩まされている。日中、やっと赤ん坊がお昼寝をしたと思ったら、選挙カーがやかましくやってくるって——」

恭助も、桜を見上げて言う。

「そのくせ、福祉の充実を訴えてる。想像力のないバカが、大声を出すほど迷惑なことは無いって、鉄也は呆《あき》れてたよ」

他にも、夜勤で、昼に寝ないといけない人もいる。

でも、選挙カーは、そんなことおかまいなしだ。

確かに、鉄也君が怒るのもわかる。

盲人用信号の音が聞こえなくなるくらい、ボリュームをあげた選挙カー——わたしだって石を投げるかもしれない。

「とめてある自転車を倒したのも、泉子さんのためだった——」

目が見えるわたしだって、とめてある自転車が邪魔だって思うことがある。

もし、自転車が点字ブロックの上にとめられていたら……。

わたしは、イメージする。まだ幼い鉄也君が、点字ブロックの上にとめられた自転車を、一生懸命たおしている。点字ブロックの上の自転車は、鉄也君にとって、お姉さんが歩くのを邪魔する怪物なんだ。

「……でも、人のことばかり言えないよね」

わたしの独り言のような呟きに、恭助がうなずく。

そう、わたしだって、気づかずに怪物を生み出していたかもしれない。

第一、噂だけで、鉄也君のことを怖いって思ってた……。

「大切なのは、想像力だよ。ぼくだって、気づかずに、誰かに迷惑をかけてるかもしれないしね……」

わたしは、恭助に訊く。

「鉄也君がよくケンカしてた理由を、恭助は知ってるの?」

うなずいた恭助は、静かに話してくれた。

「鉄也は、よくぼくに言ってたんだ。わけもなくケンカするほど、おれはバカじゃないって――」

鉄也君がケンカしていた理由。

例えば、お姉さんをバカにされたとき。「おまえの姉さん、いつも犬と歩いてる、変な人だな」って――。

「そんなとき、泉子さんは、鉄也に言ったんだって。『顔の目は見えないけど、心の目はよく見えてる。だから、鉄也は、何も恥ずかしがることはない』って。それに、『顔の目が見えなくても、心の目さえちゃんと開いてたら、真実は見えてくる』って。もっとも鉄也は、そう言われても、カッとなってケンカしてたみたいだけどね」

恭助が苦笑する。

そういや、わたしも盲導犬を可愛いなって思って、なでようとして、鉄也君に怒鳴られたことがある。

「盲導犬が泉子さんと一緒にいるときは、仕事中なんだよ。いくら可愛いからって、なでられたら、盲導犬だって気が散るさ」

恭助に言われてしまった。そうよね……、反省します。

そして、わたしは、恭助の顔を見た。

あれ？　恭助の目が、大きく見開かれたままだ。

いつもの恭助なら、謎解きが終わったら、ふにゃぁ～とした細い目に戻るのに……。

ということは、まだ解けない謎があるってこと？

「夢のことだよ」

恭助が言う。

夢?

「響子ちゃんの見た夢が、説明できないんだ」

恭助が、風に飛ばされた桜の花びらを右手で受け止める。

「昨夜、盲導犬の特番を見た響子ちゃんは、盲導犬から泉子さんを——泉子さんから、鉄也を連想した。それで、夢の中に鉄也と恋人の久留美ちゃんが出てきた。——ここまではわかってるんだ」

恭助が腕を組む。

「わからないのは、夢の中で二人が結婚式をあげてるところなんだ。鉄也と久留美ちゃんから、結婚が連想されるはずがないんだ。響子ちゃんも言ってただろ。『鉄也と久留美ちゃんが付き合ってるのは、似合わない』って。なのに、夢の中で二人は結婚式をあげていた。つまり、何かもう一つ、結婚を連想させるような出来事があったはずなんだ」

結婚を連想させるような出来事……。

それって、ひょっとして……。

「盲導犬と結婚の間にある欠けた鎖の輪《ミッシング・リンク》。それが、ぼくにはわからない……」

えーっと……。

わたしは、頬が赤くならないように注意しながら、連想ゲームを始めた。

盲導犬……犬……犬の縫いぐるみ……キョウ……恭助……結婚……？

これって、ひょっとして『謎は全て解けた！』ってやつ？

わたしって、名探偵？

「ねぇ、響子ちゃん。何か心当たりない？」

恭助が、わたしの顔を覗き込む。

朝見た夢の最後の部分が、フラッシュバック！

ドキン！　と跳ね上がる心臓。

わたしは、顔の前で手を振って言う。

「気にすることないって！　夢の話なんだもん、現実の謎解きみたいに、論理的にできないって」

「そうかな……」

「そうそう！」

そう言って、勢いよく立ち上がる。

だけど、そこは、新しく地面に顔を出した緑の草で覆われてる斜めの土手。これ以上はないってくらい、よく滑《すべ》る。

わたしは、見事に足を滑らせた。

「わー!」

「危ない!」

転がり落ちようとするわたしを抱き留めようとする恭助。

ストップモーションのように、風景がコマ落としで進んでいく。

倒れるわたし、手を伸ばす恭助。ひっくり返る空と大地。

そして――。

わたしと恭助の顔が接近して――。

春霞
春の正夢《ゆめ》
春の幻想

(詠《よ》み人《びと》　野村響子)

〈Fin〉

New·New Adventure II 殺鯉事件

結婚式！

中学三年生のわたしには、漠然《ばくぜん》とした憧《あこが》れしかないんだけど、実際に式を挙げる当人にとっては、たいへんなことなのよね……。


カタカタカタカタ……。

Scene1

「というわけで、当日のビデオ撮影はもちろん、式にむけてのビデオ制作を頼みたいんだ」

マスターの青谷《あおたに》さんが、若旦那《わかだんな》と宮崎《みやざき》さんに言った。

マスターの横では、アルバイトの由美子《ゆみこ》さんが微笑《ほほえ》んで座っている。

ここは、虹北《こうほく》商店街にある喫茶店――『FADE　IN』。

すでに営業時間は終わっていて、店内に客はいない。ラジオからは、FMの深夜放送が静かに流れている。

「式にむけてのビデオって、なんなんだい?」

若旦那が煙草《たばこ》の灰を、灰皿に落とす。

カメラ屋『大怪獣《だいかいじゅう》』の若旦那。四十歳くらいで、独身。本人は結婚に興味が無いって言ってるけど、周りの意見は、年頃の女性が若旦那に興味が無いってことで落ち着いている。

そして、困ったことに、若旦那の趣味は映画制作だ。(あっと、「趣味」っていうと若旦那は怒るけどね。本人は、「使命」だと言ってる)

宮崎さんやマスターと一緒に、商店街を舞台にした映画を撮影しては、商店街振興会の会長をやってる、わたしの父に封印されている。

「ほら、よくあるじゃないか。結婚披露宴《ひろうえん》で、二人の出逢いやプロフィールをドラマ仕立てで紹介するビデオ」

マスターが説明するけど、若旦那はピンときてないようだ。

「若旦那、誰かの結婚式に出席したことある?」

そう訊かれて、首を横に振っている。

「ぼくは、友人の結婚式で見たことありますよ。ビデオ制作会社《プロ》に依頼した、かなり本格的な物でした」

若旦那の横で、イラストレーターの宮崎さんが言った。

まだ二十代の宮崎さんは、部屋にこもって絵を描く毎日。ここんとこ、徹夜が続いてるんだろうな。目の下に大きな隈《くま》ができている。

「披露宴に、金を使う気はないんだ。ただ、ぼくたちは、映画制作に命をかける熱き映画人だろ。せめて、ビデオ制作会社に負けないようなビデオを用意したいじゃないか」

力説するマスターの横で、うなずく由美子さん。

それにしても、この二人が結婚とはね……。

まだ、わたしには納得できない。

そりゃ、マスターの青谷さんは、顔の下半分を髭《ひげ》でおおってるけど、二枚目だ。でも、もうすぐ四十に手が届くような年齢よ。おまけに、若旦那や宮崎さんと一緒に、映画制作にうつつをぬかしてる人だし。

それに対して、由美子さんは若い。大学院で社会教育学を研究してる才女だ。おまけに、可愛い。『FADE IN』に来る客の八割が、由美子さん目当ての男性客だ。(二人が結婚したら、お客さん減るだろうな……)

「よくわからない点があるが、話はよくわかった」

脳が壊れてるんじゃないかって台詞《せりふ》を言って、若旦那が煙草を消した。

「つまり、映画を撮ればいいんだな」

自信たっぷりの視線で、わたしたちを見回す。

「う……ん、まぁ、そうだな」

マスターが、ちょっとばかり不安を込めて、うなずいた。

いいのか、うなずいて……？

若旦那は、かなり勘違いしてるような気がするけど。

「安心したまえ。マスターは、わたしの映画仲間だ。誰もが感動するような映画を用意しようじゃないか」

「素晴らしいビデオを期待してるよ」

「いや、ビデオは使わない」

若旦那が、マスターに言う。

「今回は、八ミリフィルムでいこうと思う」

断言する若旦那。

なんでだろ？　八ミリよりビデオの方が、安上がりで編集も楽なのに。

「きみは、まだ映画の魂《たましい》がよくわかってないようだね」

若旦那が、諭《さと》すように、わたしを見る。

「確かに、ビデオは手軽だ。しかし、フィルムには、ビデオにはない現実的なリアルさが映し出される。マスターの結婚を祝福するための映画だ。それには、八ミリフィルムこそ、ふさわしい！」

わたしは、熱く語る若旦那を見て、少しばかり安心した。

マスターを祝福するって気持ちは、ちゃんとあるみたいだから。

若旦那が、ノートを出す。

「では、基本的なコンセプトを決めよう。といっても、わたしは結婚式に出たことが無いから、一般的なビデオがどのような内容なのかはわからない」

そして、横にいる宮崎さんを見る。

助けを求められた宮崎さんは、銀フレームの眼鏡《めがね》を直し、説明を始める。

「一般的には、二人の出逢いから結婚にいたる経過をドラマ仕立にしたものが多いですね」

「ふむ……」

腕を組む若旦那。

「マスターと、由美子君の出逢いか……。きみたちは、どんなドラマチックな出逢いをしたんだい？」

今度は、マスターと由美子さんを見た。

「出逢いって言われてもな……」

マスターと由美子さんが、顔を見合わせる。

「大学に入《はい》った由美子君が『ＦＡＤＥ　ＩＮ』にバイトに来たってことかな」

由美子さんが、マスターの言葉にうなずく。

「プロポーズは？」

わたしが訊いた。このとき、わたしの目は興味津々《きょうみしんしん》で輝いていただろう。

「……なんとなくかな」

「そうね、そろそろ結婚しようかって感じで」

がっかりするような二人の返事。

「両親の反対とかは、無かったのかい？　周囲の反対を押し切っての結婚となると、それだけでドラマ性が高まるのだが――」

若旦那に訊かれて、マスターが腕を組む。

「ぼくの親は二人とも死んでるしな。親戚づきあいもしてないから、誰も反対してないよ」

「わたしの両親は、賛成してくれてます。お客さんの何人かは、『早まるな』って言ってましたが、わたしが『幸せになりますから』って答えたら、納得してくださいました」

由美子さんが、ニコニコして答えた。

「つまり、二人は普通に出逢い、何となく結婚を決意し、周囲も反対していない……。なるほど……」

若旦那が、天井《てんじょう》を見上げた。

そして、突然、

「それでは、ダメだ！」

若旦那が、テーブルを両手でバンと打つ。

そのまま立ち上がると、店内を歩き回る。

「最初のシーンは、『ＦＡＤＥ　ＩＮ』から始まる。コーヒーを淹《い》れるマスターの横で、由美子君がサンドイッチやスパゲティを作ってる。そんなシーンが延々と続いた後、マスターが言う。『そろそろ結婚しようか？』『そうね』と答える由美子君。――こんな映画を見せられる観客の気持ちになってみたまえ！」

叫ぶ若旦那。

わたしたちは、呆気《あっけ》にとられて若旦那を見ている。

「――そうは言うけど、それが現実なんだけどな」

マスターが、若旦那に言った。

でも、その言葉は若旦那に届かない。すでに、イッチャってる。

「全てが、足りない……。このわたしが燃えるような、ドラマチックな要素が！」

「若旦那、提案していいですか？」

由美子さんが、手を挙げた。

イッチャってる若旦那も、由美子さんの静かな口調に、騒ぐのを止めた。

「動物を出すってのは、どうですか？　『子猫物語』や『名探偵ベンジー』みたいに、動物を出してヒットした映画は、たくさんありますよ」

「動物か……ふむ、おもしろい」

若旦那が、席に戻った。

「わたしも、『わんぱくフリッパー』には涙した世代だ。動物を出すというのは、なかなか良いアイデアだよ」

「子どもは、どう？　動物だけでなく、子どもを出しても観客は喜ぶと思うけど」

「子どもは嫌いだ！」

わたしの提案は、
という若旦那の一言で、却下《きゃっか》された。

「子どもは、うるさい。おまけに自己中心的で、周りのことを考えてない！　わがままで、自分の思い通りにならないと、すぐに怒る。——わたしは、自分の映画に子どもを使いたくない！」

全部、自分に跳ね返ってくるような台詞を言う若旦那。

それに対し、

「でも、実際問題、動物を出すっていっても、どうするんですか？　ぼくたち、誰も動物を飼ってませんよ」

建設的な意見を出す宮崎さん。

宮崎さんの方が、若旦那より、はるかに大人に思える。

「商店街にいる動物って言うと、野良犬《のらいぬ》のシロぐらいか……。シロに演技指導をするのは、難しいな」

腕を組んで考える若旦那。

「池にいるコイは、どうかしら？　わたし、毎日、パンの残りをやってるんだけど」

由美子さんが言った。

虹北商店街の中央広場には、小さな池と時計台、ベンチがある。

その池には、誰かが捨てた三匹のコイが棲《す》んでいる。

「それはいい！　コイにエサをやる由美子君を撮ることで、彼女の優しさが表現できる。そんな彼女に、ぼくは惹《ひ》かれていくという演出は、どうだい？」

デレデレの台詞を言うマスター。

だが、若旦那は片頬《かたほお》で笑った。

「まだまだマスターは、映画の演出がわかってないようだ。確かに、コイと由美子君の心の交流を撮れば、きみが好きな『男はつらいよ』の世界は表現できるだろう。だが、二十一世紀の映画は、それだけではダメなんだよ」

そうかなぁ……？　マスターの演出、けっこう良いと思うんだけどな。

「由美子君、その三匹のコイの名前は、なんていうんだい？」

突然、若旦那が由美子さんに訊いた。

「わたしは、ユキオ、カズオ、テルヒコって呼んでますけど」

「ぼくは、ウタエ、テルエ、ハナエが良いって言ったんだけどね」

横から口を挟むマスター。

そのとき、若旦那が呟《つぶや》いた。

「スケキヨ、スケタケ、スケトモ……」

まるで、呪文のように聞こえる若旦那の言葉。

わたしは、首筋の毛が逆立《さかだ》つのを感じた。

「名前を変えよう。三匹のコイの名前は、スケキヨ、スケタケ、スケトモだ」

ノートにメモし始める若旦那。

「虹北商店街に捨てられた三匹のコイ——スケキヨ、スケタケ、スケトモ。自らの出生を呪い、社会を呪っていた三匹は、優しくエサを与える由美子君によって、次第に心を開いていく。しかし、不気味な脅迫状が届き、スケキヨ、スケタケ、スケトモは順に殺されていく。まず、スケタケが首を切られて殺される。その首は、商店街の鯛焼《たいや》き屋の看板に、ぶら下げられる。次のスケトモは、太い紐で絞め殺され、池のフェンスに括《くく》られる。最後のスケキヨは、池に逆立ちするように突っ込まれていた。そこへ現れる名探偵、三毛犬寅《みけいぬとら》二郎《じろう》。当然、今回の三毛犬寅二郎は、マスターだな」

摩訶不思議《まかふしぎ》な空間を、辺りに撒き散《ま　ち》らす若旦那。

「ちょっと若旦那！　だんだん物語の中身が脱線してるよ。マスターと由美子さんの結婚を祝福する映画を撮るんでしょ。このままだと、いつも撮ってる『名探偵はつらいよ』のシリーズになっちゃうじゃない！」

「池の中を撮るために、水中撮影の工夫が必要だな。わたしのフジカＺＣ一〇〇〇は、防水してないし……」

ダメだ……。わたしの言葉は、若旦那に届いてない。

「犯人は三本髭のイタチにしよう。ラストシーンは、巨大化した大怪獣のイタチが、虹北商店街を襲う。これで、決まりだ！」

言い忘れてたけど、若旦那たちの映画が振興会によって封印されるのには、わけがある。

彼らの映画は、必ず最後に大怪獣が現れて、虹北商店街が壊滅させられるのだ。

「そして、事件は解決し、名探偵は傷心の由美子君を残し、去っていく」

「――ちょっと、待った！」

マスターが、慌てて若旦那を止める。

「そのラストは無いだろ！　ハッピィエンドで終わらなきゃ！」

「ふむ……」

さすがに、若旦那も拙《まず》いと思ったのか、考え込む。

「訂正しよう。――事件を解決した名探偵は傷心の由美子君と結婚し、末長く幸せに暮らした」

それを聞いて、ホッと胸をなで下ろすマスター。

「題名は、『中央広場の池の謎・コイは踊る』――よぉーし、燃えてきたぞ！」

握り拳をつくる若旦那。

わたしは、『コイは踊る』というタイトルを聞いて、なんとなく某温泉ホテルのＣＭを思い出した。

「宮崎君、『ペットハウス』で、イタチをレンタルしてくれたまえ」

『ペットハウス』というのは、商店街にあるペットショップだ。

「あそこに、イタチなんかいるの？」

わたしの疑問は、若旦那に通用しない。

「監督が必要だと言ったら、何がなんでも手に入れるんだ！」

若旦那に言われて、宮崎さんは大人しく手帳にイタチのイラストを描いてる。

「あと、コイの模型も欲しいな。宮崎君、何日あれば用意できる？」

「一日もあれば――」

いいのかな、宮崎さん？　今でも目の下に隈《くま》ができるくらい忙《いそが》しいのに。

「わたしは、優秀なスタッフに恵《めぐ》まれて、幸せだよ」

若旦那の全身から、オーラが出ているようだ。

「よし、燃えてきたぞ。さっそく、明日からクランクインだ！　みんな、それぞれの仕事を頑張ってもらいたい」

若旦那が、わたしたちを見回す。

わたしたち……？

「ひょっとして、わたしもメンバーに入ってるの？」

わたしが訊くと、若旦那は不思議そうに首をひねった。

「何を言ってるんだ、響子《きょうこ》君。わたしたちは、映画制作に命を燃やす仲間じゃないか！」

「……………」

言葉が無い。

ひょっとして、周りから見たら、わたしも若旦那たちの仲間って思われてるの?

――付き合う友だちって、やっぱり選ばなくちゃいけないわ……。

あっと、言い忘れてたけど、わたしの名前は野村《のむら》響子。中学三年生。

小学生の時から、なぜかよくわからない柵《しがらみ》で、若旦那たちの映画制作に駆り出されている。

「今は夏休みだろ。時間は、たっぷりあるはずじゃないか」

「わたし、受験生なんだけど……」

「安心したまえ。映画制作に必要なのは、学歴じゃない。熱い、映画魂だよ」

まったく安心できないことを言う若旦那。

「それじゃあ、明日からのクランクインをお祝いして、何か食べましょうか」

由美子さんが立ち上がった。

あれ? 由美子さん、左手の薬指と小指に、先っぽまで包帯を巻いてる……。

「ああ、これ? 新メニューを作ってて、缶切りで切っちゃったの」

わたしの視線に気づいて、由美子さんが舌を出した。

「ぼくも、手伝おう」

マスターも、立ち上がった。

テーブルに、次々と並べられる料理。素材はよくわからなかったけど、キノコと鳥肉が中心のメニューみたい。

「まだ、開発中で店には出してないメニューだ。今日は、特別に食べさせてあげよう」

マスターが自慢するけど、つまり、わたしたちは新メニューの実験台ってことだ。

「おいしいですね、このマッシュルーム！」

宮崎さんが、ガツガツと料理を食べてる。目の下に隈を作って、元気に料理を食べる姿は、なんとなく『活気のある生ける屍《ゾンビ》』を思わせる。

「缶詰のマッシュだけど、わからないでしょ。普段は、缶詰使わないんだけど、今日は安かったから、いっぱい買っちゃったの」

そう言う由美子さんを、マスターが目を細めて見る。はいはい、良かったね。経済観念のしっかりした婚約者がいて。

それにしても、油を使った料理が多い。こんなに油をとったら、コレステロールが心配だ。

チラリと若旦那の方を見ると、まったくコレステロールを気にすることなく、料理を口にしている。コレステロールだけじゃなく、世間の目も気にしてない若旦那が、うらやましい。

そして、わたしは料理を食べながら、ふと小学生の時に起きた事件を思い出した。

「あのね、わたしが四年生の時に、小学校で飼ってたコイが、殺されたの」

わたしは、みんなに話し始める。

「担任の市川《いちかわ》先生が、見つけたの。市川先生は飼育委員会の担当で、ウサギやニワトリ、コイの面倒をみていたわ。朝、飼育当番が来る前に動物の様子を見に行って、発見したの。池の側《そば》で、泥だらけのコイのバラバラ死体を。近くには、穴が掘られていたわ」

「野良犬かイタチの仕業《しわざ》じゃないのかな?」

宮崎さんが、食べてた手を休める。

彼の前の皿は、おおかた空《から》になってる。いつも部屋にこもって絵を描いてるので、こういう機会に栄養を補給してるようだ。

「響子ちゃん、コイが泥だらけになってたって言っただろ。犬かイタチが、コイを捕《と》って、そばに穴を掘って埋めようとしたんじゃないかな」

わたしは、宮崎さんの推理に、首を横に振る。

「犯人が、人間なのは確かなの。コイは、首と体の所で四つにブツ切りされて、かじられた痕《あと》があったんだけど、その切り口は動物の歯で咬《か》み切られたものじゃなかったの」

「うーん……」

一声唸《うな》って、また宮崎さんは料理に戻った。

「犯人は、理科の先生だね。――それにしても、由美子君の料理は、んまい！」

料理から顔をあげず、マスターが言った。(どうでもいいことかもしれないけど、台詞にノロケが入ってる)

「理科の先生って、どういうこと？」

わたしが訊くと、マスターは紙ナプキンで口元を拭《ぬぐ》って、説明してくれた。

「ほら、小学校でフナの解剖の授業をするじゃないか。理科の先生は、フナが手に入らなくて、取りあえず身近にあるコイを使おうとしたんだろう」

フナの解剖……？

何、それ？

「えっ、響子ちゃんは、学校でフナの解剖したことないのかい？」

したことない……。

「それって、ずっと昔の学校の話じゃないの？」

わたしに言われて、マスターの頬を冷たい汗がツーッと流れる。

「そんな……ぼくと響子ちゃんの間には、そんなに世代の差があるのか……」

助けを求めるように由美子さんを見るけど、彼女も目を閉じて首を横に振った。

「若旦那は、フナの解剖やっただろ？　なぁ、ぼくたちは、たいして年齢《とし》が違わないんだし！」

訊かれた若旦那は、何事かブツブツ呟いてる。

「おもしろい……まったく、おもしろい……」

鶏《にわとり》の骨をくわえたまま、若旦那が目を輝かせる。

「我々が映画を撮る二十年も前に、同じ様な事件が起きていたか」

こらこら、若旦那。二十年も昔じゃないって！

「わたしが四年生の時って言ったら、五年前の話よ」

「響子君は、映画の演出が、まだわかってないようだね。こういうのは、『二十年前』って相場が決まってるんだよ」

ここで、「そうか、映画の演出って、そういうものなのか」と感心するほど、わたしは世間知らずじゃない。

それにしても、若旦那の感覚が理解できない……。

「二十年前、小学校で発見されたコイの生首が、事件の序章だった。二十年前の事件は、現代の事件と、どう関わってくるのか？　時代を超えた謎に、名探偵三毛犬寅二郎が挑む！　――よし、タイトルを変えよう。『虹北商店街の首切りの池』だ！」

「何はともあれ、乾杯しようか」

そう言って、グラスを持ち上げるマスター。

無理矢理、話題を変えようとしている。

口元には笑みが貼り付いてるけど、内心は、不安で仕方がないんだろうな……。（でもね、若旦那に依頼した段階で、マスターと由美子さんから心の平穏は消えたのよ）

「みなさん、今日はお疲れさまでした！」

マスターの音頭《おんど》で、わたしたちは、それぞれのグラスを持ち上げた。

カタカタカタカタ……。

カタカタカタカタ……。

Scene2

昼下がりの虹北商店街。暑さのためか、あまり客足はよくない。

わたしは、メインストリートを抜けて、中央広場に向かう。

途中、乾物屋『Rカンピンタン』の前に人だかりがしている。(店名の『R』は、『Revolution《レヴォリューション》』の略だそうだ)

そういや、今日から『Rカンピンタン』で、メヌエット賞の新企画『カンキリサイクル』の大売り出しが始まったんだ。

あっと、メヌエット賞の説明をしてなかったわね。

メヌエット賞っていうのは、虹北商店街振興会が不況対策に考え出したものだ。商店街の景気を良くする企画に対して贈られる。

で、今回は『カンキリサイクル』で『Rカンピンタン』が受賞した。

『カンキリサイクル』について説明しよう。

今の缶詰って、プルトップみたいな物が蓋についていて、手軽にパカンと開けられる物が多いでしょ。缶切りを使わなくてもいいものが、増えている。それにともなって、家に缶切りがある家も減ってきた。必然的に、缶切りが必要な、昔ながらの缶詰の売り上げが落ちている。

『Rカンピンタン』は、そこに目を付けたの。

商店街で眠ってる缶切りをリサイクルで集め、缶切りとセットにして、売り上げの落ちていた缶詰を売ってしまおうというものだ。

その狙いは当たったようだ。

こんなに人が集まってるのなら、今日一日だけの企画にしておくのは、もったいないと思った。

メインストリートのいたるところに、貼り紙がしてある。

わたしは、人だかりのしてる『Rカンピンタン』を横目に、中央広場に急いだ。

「この者たちの撮る映画は、虹北商店街に災《わざわ》いをなすので、撮影現場を見つけ次第、振興会の方へ連絡してください」

その文字の下には、若旦那、マスター、宮崎さんの顔写真が載っている。

まるで、西部劇に出てくる手配書だ。

振興会の連絡先として書いてある電話番号は、わたしの家のもの。そのわたしが、今まさに撮影現場にむかってる。

うーん……。複雑な気持ち。

中央広場には、すでに全員が来ていた。

「遅いな、響子君」

若旦那に言われて、わたしはスヌーピーの腕時計を見た。

二時〇〇分四十九秒……。

中央広場の時計台も、同じ時間を示している。

「なによ、一分も遅れてないでしょ!」

わたしの言い訳を、若旦那は厳しい口調で封じる。

「甘いことを言ってはいけない。我々は、一秒二十四コマの世界に命をかける映画人だ。四十九秒も遅れるということは――」

若旦那が、黙り込む。

一分十六秒が過ぎた。

「――千七十六コマも無駄にするということだ」

どうやら、必死で暗算していたらしい。これこそ、無駄な時間よ! おまけに、計算間違いしてるし。(本当は千百七十六コマ)

わたしは、若旦那を放っておいて、宮崎さんのところへ行った。

宮崎さんの周りには、レフ板やガンマイク、五〇〇Wのタングステンランプ、小型バッテリーやケーブルなどが、山になってる。

その横には、衣装の入った段ボール箱や、何が入ってるのかわからない㊙と書かれた段ボール箱が、違う山を作ってる。

「いいんですか、こんなに派手に機材を並べて――。振興会の人たちに見つかったら、たいへんですよ」

わたしが訊くと、若旦那が宮崎さんの代わりに答えた。

「何を躊躇《ためら》うことがある？　我々は、仲間の結婚式のための映画を撮るんだ。振興会の連中に、とやかく言われる筋合いはない！」

たいした自信だ。

でも、振興会の人たちに、若旦那の論理が通じるはずがない。

これは、早く撮影を終えた方がよさそうね。

「大丈夫だと思うよ、響子ちゃん」

宮崎さんが、ニッコリ微笑む。

「ぼくたちも大人だからね。毎回毎回、振興会の人とトラブルを起こすわけじゃないよ」

宮崎さんは、三人の中では一番年下だけど、精神的に一番大人のような気がする。

わたしは、宮崎さんが手に持ってる大きなコイの模型を見た。本物そっくりだ。

「すごいだろ。昨夜、作ったんだ。これ、頭の所で二つになるんだよ」

ニコニコした顔で、説明してくれる宮崎さん。

手先の器用な宮崎さんは、小道具全般の製作を行ってる。

「本物のコイを殺すのは、かわいそうだからね。この模型の首を、鯛焼き屋の看板につけるんだ」

「鯛焼き屋さんには、撮影に看板を使わせてもらうこと、話してあるの?」

わたしの質問に、答えてくれたのは、若旦那だった。

「問題なし!」

つまり、許可無しのゲリラ撮影ってわけね……。

「おーい、こっちは用意できたぞ」

衣装をつけたマスターと由美子さんが近づいてきた。

由美子さんは、いつもの格好。白いワンピースとデニム地のエプロン。左手に銀のトレイ、右手にはパン屑《くず》の入ったビニール袋を持っている。十本の指には、きれいに塗られたピンクのマニキュア。

マスターは、三毛犬寅二郎の衣装をつけてる。着物に、縞《しま》の細い袴《はかま》。足元は紺足袋《こんたび》に、すり減った下駄。形が崩れた帽子の下からは、もじゃもじゃの鬘《かつら》が見えている。

うーん、見てるだけで汗が出てくるほど、暑苦しい格好だ。

そして、二人とも左手の薬指には、お揃《そろ》いの婚約指輪。うーん、熱い熱い……。

三脚に愛機フジカZC一〇〇〇を固定する若旦那。

「よーし、それじゃあ、由美子君がスケキヨたちにエサをやってるシーンから撮ろうか」

若旦那が言った。

宮崎さんが、ガンマイクを持つ。

いやだいやだと思ってても、こうなってくると、体が自然に動いてしまう。

わたしはカチンコを持つと、カメラの前で構えた。

「クランクインだ……」

レンズを覗き込んでる若旦那が、呟いた。

……ゾクッとする。

確かに、若旦那もマスターも宮崎さんも、あまり付き合いたいと思うような人じゃない。

でもね――。

映画を撮ってるときは、別なんだ。

三人は、すごく格好良い。それは、普段の彼らを知ってるわたしでも、思う。

そして、何より、わたし自身が映画を撮ることに夢中になってる。

本番前の、張りつめた空気。スタッフ全員が、呼吸を止める一瞬。――それらを味わってしまったら、映画制作はやめられない。

「スタート!」

若旦那の言葉で、わたしは、カチンコを鳴らした。

メインストリートを、由美子さんが歩いてくる。何度も役者として駆り出されてる由美子さんは、自然な動作だ。

そのまま池のフェンスに近づくと、パン屑の入ったビニール袋に左手を入れる。

池の中を見る由美子さん。その手が、止まった。

あれ？　どうして、演技を続けないんだろう。

「カーット！」

若旦那が、フィルムを停めた。

「どうしたんだい、由美子君。ここは、天使のような慈愛に満ちた笑顔で、パン屑を池に撒き散らすシーンじゃないか。そんなに難しい演技じゃないと思うけどね」

難しいのは、若旦那の演出だ。（「天使のような慈愛に満ちた笑顔」って、どんな顔をしたらいいんだろう……？）

「すみません、若旦那」

由美子さんが、頭を下げる。

「でも、コイが足りないんです……」

「足りない？」

わたしたちは、池を覗き込んだ。

池の底には、何枚もの硬貨——百円玉や一円玉が沈んでる。

これは、うちの父が、

ここは、幸運の池です。

願いを込めて、池にコインを投げ入れると、もう一度虹北商店街を訪れることができます。

なお、紙幣を投げ入れてもかまいません。

という、頭の痛くなるような看板を、池の横に立てたからだ。（でも、実際にコインを投げ入れる人がいることに、驚き）
泳いでるコイは、二匹。どちらも五十センチを越える大型のコイだ。
「なるほど、確かに一匹少ないな」
池には三匹のコイがいた。由美子さんは、それぞれ、ユキオ、カズオ、テルヒコという名前をつけている。（今、コイにとっては、かわいそうなことに、スケキヨ、スケタケ、スケトモという役名がついている）

「いないのは、カズオです」

「そうか、スケタケがいないのか……」

若旦那の頭が、勝手に名前を変換する。

由美子さんの話によると、カズオ——じゃなくて、スケタケは、真っ黒いコイだそうだ。(テルヒコことスケトモは、白地に茶や黒が入った三色コイ。ユキオことスケキヨは、のっぺりした白一色のコイ)

そのとき、一陣の風が、メインストリートから中央広場を駆け抜ける。

中央広場のアーケードには、大型の風鈴《ふうりん》がたくさん吊られている。その風鈴たちが、一斉に、ちりんきゃらんしゃらんと音を立てた。

わたしたちは、自然に風鈴を見上げる。

夏に窓辺で静かに鳴る風鈴は、好きだ。ちりんという音を聞くと、周りの空気が涼しい水色に変わる。

でも、今、アーケードに吊るされた大型の風鈴は、別。はっきり言って、やかましい。振興会の人たちは、何を考えて、こんな大きな風鈴を吊るしたんだろう?

一つの風鈴から、ポタリと何か落ちてきた。

雨……?

いや、虹北商店街は、全面アーケード。雨が落ちてくることは、無い。

なんだろう……？

わたしは、遊歩道に落ちた液体を指につける。

赤い……。そして、生臭い……。

これって、血……？

そのとき、

「うわーっ！」

風鈴を見上げていた宮崎さんが悲鳴をあげ、尻餅《しりもち》をついた。

今まで血色の良かった顔が、青褪《あおざ》めている。

「あっ、あわわわ……」

わたしたちは、宮崎さんが指さす風鈴を見た。

ガラスの風鈴に、何か黒い物が、ぶら下がってる。

丸みを帯びたピラミッドのような形。それが揺れるたびに、赤い血が一滴、二滴、雨垂れのように遊歩道に落ちた。

「あれは……スケタケの首……」

マスターが、呟いた。

わたしは、声が出ない。

まるで、映画の小道具のように、揺れているスケタケの首……。

そして、首の下には一枚の短冊《たんざく》がついていた。

うつしよはゆめ

毛筆で書かれた平仮名が、わたしたちの目に飛び込んできた。

誰が、いったいこんなことを……。

「なかなか、やるじゃないか」

驚いて呆然《ぼうぜん》としているわたしたちとは違って、若旦那は、どこかうれしそうに微笑んでいる。

内ポケットから煙草を出し、火をつけた。

「確かに、鯛焼き屋の看板につけるより、風鈴に吊るす方が、絵になる。なかなか、やるじゃないか」

煙と一緒に、感想を呟く若旦那。

自分以外の才能を全く認めない若旦那にしては、珍しい。

「スケタケの首を切断した犯人――ぜひ、捕まえたいね」

「そうよ、こんな残酷なこと、許せない」

わたしの怒りに、若旦那が不思議そうな顔をする。

「何を言ってるんだい、響子君は？　犯人を捕まえるのは、スタッフに迎え入れるために決まってるじゃないか」

頭痛のするような台詞だ……。

でも、このままでは撮影が続けられない。

取りあえず撮影を中止して、わたしたちは、吊り下げられていたスケタケの首を降ろした。

「犯人は、三本髭のイタチかい？」

首を調べてるマスターに、若旦那が訊く。

「いや、この切り口は、獣の牙じゃない。鋭利な刃物を使ってる。――明らかに、人間の仕業だな」

「なるほど……」

腕を組む若旦那。

「映画の撮影中に、ストーリーと同じように殺人事件が起こる……。お約束と言えば、その通りの展開だが、燃えるものがあるな」

こらこら、若旦那。殺されたのは、人じゃなくてコイだよ。

「ふむ、『殺鯉《さつり》事件』と訂正しよう」

謙虚に言い直す若旦那。

宮崎さんが、首につけられていた紙を外した。書き初《ぞ》めの時に使われる縦長の半紙に書かれた文字。

『うつし世はゆめ夜のゆめこそまこと』――これは、後年の江戸川乱歩《えどがわらんぽ》がサインするときに書いていた言葉だ。

でも――。

「どうして、犯人は、この言葉を残したんだろう……？」

考え込んでる宮崎さんの横で、若旦那は、とてもうれしそうだ。

「理由など、わかりきっている！」

断言まで、してしまう。

「いいかね、犯人は演出ということを、よく理解してるんだよ。何も考えてないコンビニ強盗と、予告状を出して黒い気球で犯行に及ぶ怪盗――きみたちは、どちらに心が躍《おど》るかね？」

若旦那が、わたしたちを見回した。

どちらに心が躍るって……どっちも、犯罪に変わりないじゃない。

「ぼくは、やっぱり怪盗の方かな」

「ぼくも、そうです」

マスターと宮崎さんが、答えた。

ニヤリと笑う、若旦那。

「わかるだろ、犯人の心理が」

……わからない。

犯人の心理も、若旦那たちの考えることも、常識人のわたしには、わからない……。

わたしと由美子さんは、若旦那たちの醸《かも》し出す不思議空間に呑《の》み込まれないよう、少し距離をあけた。

「こらこら、響子君。何を離れてるんだい。さぁ、出かけるぞ」

若旦那が、逃げようとしていたわたしの腕を取る。

「出かけるって、どこへ?」

「決まってるじゃないか。過去の事件を調べに、市川先生のところだよ」

そう言う若旦那の目は、燃えている。

わたしは、蜘蛛《くも》の巣に捕まった蝶《ちょう》の気分を味わった。

カタカタカタカタ……

カタカタカタカタ……

Scene 3

市川先生の家は、駅を挟んで商店街と反対側の住宅地にある。

以前、市川先生に会ったとき、

「いつでも遊びに来てね」

って、地図を描いてもらった。

このときは、映画を撮ってる途中だったので、市川先生の目から若旦那たちを隠すのに苦労した。（映画を撮るのは好きだけど、若旦那たちの仲間と思われるのは心外だ！）

「やはり、手土産《てみやげ》の一つでも買っていくのが、常識だろうね」

道中、若旦那が言う。

わたしと若旦那、宮崎さんは駅前のデパートに入った。

サラダ油の詰め合わせを買おうとする若旦那を、やんわり止めて、よく冷えた水羊羹《みずようかん》を買わせる。

小道具を作る材料に、紙粘土《かみねんど》や絵の具を買った宮崎さんは下宿に戻っていった。

マスターと由美子さんは、撮影が再開されるまで、『FADE IN』に戻っている。

夏の陽射しに炙《あぶ》られた道を、若旦那と二人で歩く。

足元に、ほとんど影ができていない。頭の真上でギラつく太陽。

街全体が、白っぽく見える。

脱水症状を起こしかけた頃、わたしたちは市川先生の家を見つけた。

建て売り住宅の広告に出てきそうな、普通の日本家屋だ。

連絡もせず訪ねたわたしたちを、市川先生は、にこやかに応接室へ通してくれた。

ソファに座ったわたしたちに、

「今日、商店街で缶詰の安売りをしてたの」

と、ガラスの器に盛られた桃を出してくれた。

しばらくは、昔のアルバムを見たりした。

小学生の時のわたし、当たり前のことだけど、幼い。そして、結婚して子どもが産まれたばかりの市川先生も、今よりスリムで髪が長い。

「それで、今日のご用件は？」

市川先生が、若旦那に訊いた。

黒いシャツにスラックスという黒尽くめのスタイルの若旦那に、市川先生は少し怯《おび》えているようだ。

「かつて、小学校でコイが殺されたことがあったそうですね。そのときの話を、お聞かせ願いたい」

単刀直入に切り出す若旦那。

若旦那の言葉を聞いて、市川先生の顔が厳しくなった。

小学生の時は、大きな先生だなって思ってたけど、自分も成長した今は、そうは思わない。

担任してもらってたときは、すごく子育てがたいへんだったそうだ。(毎日、寝不足で、げっそり痩《や》せてたもんね)

今は、子どもも大きくなり、かなり楽になってるそうだ。そのためか、昔より、かなりふっくらしてる。

「どうぞ――」

麦茶を勧めてくれる市川先生の指。ピアノが得意で、よく弾いてくれたのを思い出す。

「お話ししていただけませんか」

再度、若旦那が言った。

市川先生は、わたしの方をチラリと見てから、言った。

「すみませんが、お断りします」

口調は柔らかだが、有無を言わせぬ迫力があった。

「人間、誰しも語りたくない過去というものがございます」

「……そうですか」

麦茶を飲み干し、桃をきれいに食べて、若旦那が立ち上がった。

「わたしの来訪は、あなたにイヤな記憶を思い出させたようだ。お詫《わ》びします」

頭を下げ、家を出る若旦那。わたしは、市川先生への挨拶《あいさつ》もそこそこに、後を追いかける。

「いいんですか、若旦那。先生に昔の話を聞かなくて?」

黙って前を歩く若旦那の背中に、わたしは語りかけた。

「わたしは、一介の映画人にすぎない」

若旦那は、振り返らない。

「市川先生が話したくないと言ってるのに、無理に聞き出すことはできない」

なんて、大人らしい台詞だろう。

わたしは、少しだけ若旦那を見直した。

「それに、聞かなくても、わたしには全ての謎が解けた」

ここで、若旦那は振り返った。

わたしを見ず、カメラ目線で言う。

「手がかりは、全て出ている」

「ほんとに、全部出てる？」

わたしが突っ込みを入れると、ウッと詰まった。

「手がかりは、全て出ていると思う」

律儀《りちぎ》に訂正している。

「明快な推理で、スケタケ殺しの犯人を突き止めてくれたまえ！」

人差し指をビッと出し、カメラに迫る若旦那。（そんなことしなくても、若旦那の愛機フジカZC一〇〇〇は、優れたズームアップ機能が付いてるのに……）

画面に流れるエンドタイトル。

カタカタカタカタ……。

「あー、終わった、終わった！」

マスターが、伸びをする。

ここは、虹北商店街にある古本屋、虹北堂。

店の奥、二つの和室の間にある襖《ふすま》を外して、今、試写会を終えたところ。

スクリーンの代わりに、壁には白いシーツが張ってある。

「なかなか見事な出来映《ば》えだと思うね」

満足げな若旦那。（わたしは、最後の若旦那のアップが不満だけど……）

由美子さんは、パチパチと拍手している。

マスターと宮崎さんは、映写機を停めた。

「——で？」

虹北恭助《きょうすけ》が、わたしたちを見回した。

さて、恭助について説明しておこう。

恭助は、わたしの幼なじみ。ということは、恭助も中学三年で、受験生なんだけど、彼には学校も受験も関係ない。

そう、恭助は小学校の時からの不登校児だ。毎日毎日、学校へ行かず、虹北堂にある山のような本を読んでいた。

膨大《ぼうだい》な知識と記憶力を脳に収めてるんだけど、社会生活への適応性が無い。

そして、何より恭助が他人と違ってるのは、謎を解く能力。

わたしは、不思議な事件が起こると、いつも恭助に話してきた。そのたびに恭助は、あっさりと謎を解いてくれた。まるで魔法を使ったかのように簡単に謎を解くので、わたしたちは恭助のことを『魔術師《マジシャン》』と呼んでいる。

で、この恭助、わたしたちが小学校を卒業したとき、

「探し物があるんだ――」

って、外国へ行ってしまった。

それから二年と四ヵ月――。

まだ探し物が見つからないのか、なかなか日本に帰ってこない。(お盆と正月には帰ってくるよう約束させたんだけどね)

今回、お盆ということで帰ってきた恭助の家で、わたしたちは試写会を行ったというわけだ。

「――で?」

もう一度、恭助が言った。

「どうかしたのかね？」

愛機フジカZC一〇〇〇を、恭助に向ける若旦那。

恭助が、カメラのレンズを手で軽く除《の》ける。

「今のは、何だったんですか？」

「マスターの結婚披露宴用に撮った映画に決まってるじゃないか」

心外だという気持ちを目一杯込めて、若旦那が答えた。

「推理ドラマになってるように思ったんですけど……」

「その通り」

「どうして、披露宴用の映画を推理ドラマにしなくちゃいけないんです？」

「普通の映画を撮っても、おもしろくないじゃないか！」

それを聞いて、恭助はしばらく考え込む。

そして、無理矢理納得したようにうなずいた。（恭助も、早いところ、世の中には自分の論理で計りきれない人間がいることを知るべきだね）

「若旦那、もう一つ訊いていいですか？」

「構わないよ」

またカメラのレンズを恭助に向ける若旦那。

手でレンズの向きを変える恭助。

「どうして、虹北堂《ここ》で試写会をやったんです？」

「『魔術師《マジシャン》』の恭助君に、謎解きをしてもらおうと思ってね。きみが解けないようなら、この映画は、推理ドラマとして難しすぎるというわけだ」

「つまり、ぼくへの挑戦というわけですか？」

「その通り。さぁ、ここからは『名探偵の謎解き』のシーンだ！」

またまたカメラのレンズを恭助に向ける若旦那。

また手でレンズの向きを変える恭助。

「謎解きをしてもいいですけど、カメラは停めてもらえませんか」

「せっかくの謎解きなのに……」

ブツブツ言いながらも、フジカZC一〇〇〇を停止する若旦那。

「ついでに、もう一台のカメラも停めてください」

「なんのことかな？」

若旦那はとぼけるけど、恭助はごまかされない。

「さっきの映画で、フジカZC一〇〇〇が映ってましたね。ということは、それを写した、もう一台別のカメラがあるということです」

「……わかった」

若旦那が、押し入れの襖を開けて、盗み撮りしていたカメラを停めた。

「これも、いいカメラなんだよ。エルモ8S八〇〇って言ってね――」

「カメラの説明はいいですけど、いつの間に、そんな物をセットしてたんです？」

「上映準備をするドサクサにまぎれて、響子君がやってくれたんだ」

若旦那の言葉に続いて、わたしはVサインを恭助に送った。

溜息《ためいき》をつく恭助。

「じゃあ、スケタケ殺しの犯人を指摘すればいいんですね？」

若旦那がうなずくのを確認する恭助。

猫のように細かった恭助の目が、大きく見開かれている。

まるで、高価な宝石のような目が、わたしたちを見据えている。

「どうぞ、名探偵――」

腕組みしたまま、若旦那が言った。

恭助が、わたしたちを見回して、言った。

「まず、犯人ですが――」

そして、人差し指を伸ばし、ある人物を指さした。

「コイを殺したのは、あなた――由美子さんですね」

恭助が静かに言った。

わたしたちは、誰も何も言わず、恭助を見ている。

しばらくして、若旦那が言った。

「説明してくれるかな？」

「喜んで――」

恭助が立ち上がった。

「推理ドラマやゲームの中で、挿入劇の通りに殺人事件が起こる。推理小説では、おなじみの展開です。今回の『殺鯉事件』でも、同じようにというか、お約束通り、スケタケが殺されました。では、映画の演出のために、スケタケは殺されたのでしょうか？」

言葉を切って、みんなを見る恭助。

そして、ゆっくりと言葉を続ける。

「とんでもない。スケタケは、映画のために殺されたのではありません。順番が、逆なんです」

「……逆？」

わたしの呟きに、恭助が答える。

「正確に言うと、スケタケを殺した動機をカモフラージュするために、映画が撮られたんです。——そうですね、由美子さん」

恭助に言われ、由美子さんがコックリうなずいた。

「では、訊こう。なんのために、由美子君はスケタケを殺したんだね？」

「その答えは、今見たフィルムにあります」

恭助が、若旦那に言う。

「気になったのは、由美子さんの指です。最初のシーンでは、指に怪我《けが》をして包帯を巻いてましたね。それが、次のシーンでは、包帯を巻いていない。ちゃんとマニキュアをしている。そして、薬指には、マスターとお揃いの婚約指輪」

恭助が、由美子さんの左手をとる。

傷跡のない、きれいな指。

婚約指輪が、蛍光灯の明かりを反射して輝く。

「おかしいですよね？　缶切りで怪我をしたというわりには、傷テープすら貼ってない。となると、包帯はなんのために巻かれたか？」

「指輪を隠すために巻かれたとでも言うのかね？」

「違います。指輪が無いことを隠すために、巻かれたんですよ」

恭助が、若旦那に言った。

「由美子さんは、毎日、コイにエサをやってました。そのとき、指輪を池に落としてしまったんです。そして、光りながら落ちてくる指輪を、スケタケはエサと勘違いし、呑み込んでしまった」

「……………」

「由美子さんは、指輪を取り戻すために、スケタケの頭部を切断した。――これが、バラバラにした動機です」

今、由美子さんは、新作メニューを開発している。油をたくさん使うため、指輪が抜けやすくなっていたのだ。

「でも、ただバラバラにしただけでは、すぐに自分が犯人だとわかってしまう。そのため、由美子さんは、映画を撮ることを提案したんです。若旦那たちの撮る映画は、常人の理解を超えています。コイが呑み込んだ物を取り出すためバラバラにしたという、簡単明瞭な動機が、若旦那たちの映画でカモフラージュされました」

確かに……。

若旦那たちの映画で重要なのは、〝映画的演出〟である。

どうして、コイが殺されたか？

呑み込んだ物を取り出すため――これが、常識世界の答えだ。だが、若旦那たちの映画では、

「演出だよ、演出！　その方が、映画として燃えるものがあるだろ！」

――これが、正解になる。

「続いて、小学校で起きた事件の方を説明しましょう」

淀みなく、恭助の話が続く。

「この場合、コイを殺したのは市川先生です」

断言する恭助。

「当時、市川先生は子育てで疲れ、ずいぶん痩せていたそうですね。そのため、エサをやってるときに、緩《ゆる》くなった指輪が池に落ちてしまった。あとは、由美子さんのときと同じですね。市川先生は、指輪を取り出すため、コイをバラバラにした」

恭助が若旦那を見る。

「若旦那は、市川先生の家で、昔の写真を見ましたね？」

「その通りだ」

「今より痩せてる市川先生の写真を見て、若旦那は、誰がコイを殺したか、どうしてバラ

バラにしなければいけなかったかが、わかった。——そうですね？」

今度は、黙ってうなずく若旦那。

「池のそばに穴があったそうですが、これは市川先生が作ったコイの墓でしょう。それを、野良犬が掘り返した。——以上が、小学校で起きた事件の真相です」

話し終えた恭助の目が、猫のように細くなる。いつもの恭助の目に戻ってる。

若旦那が、恭助に訊いた。

「推理ドラマとして、これくらいのレベルなら、観客は退屈しないだろうか？」

「いいんじゃないですか？　少し、簡単すぎるような気もしますけど」

「それを聞いて、安心したよ」

わたしたちスタッフに、ホッとした雰囲気が流れた。

でも、恭助の話は、そこで終わらなかった。

「では、もう少し戯《ざ》れ言《ごと》を続けてもいいですか？」

戯れ言……？

「ええ。今の映画を見て、少し感じたことを話させてください」

恭助の目が、また丸く見開かれている。ということは、まだ謎解きは終わってないってこと……。

恭助は、戯れ言と言いながら、謎解きをしようとしている。

「五年前——じゃなくて、若旦那に合わせると二十年前の事件だけど、この話、響子ちゃんは、ぼくにしてないよね？」

恭助に訊かれ、わたしは、うなずいた。

「響子ちゃんは、身近で起こった謎は、すぐに、ぼくに話してるじゃないか。なのに、なぜコイが殺された事件は話さなかったか？」

わたしは、そっぽを向いて、恭助の視線を外す。

「理由は、二つ考えられる」

恭助が、二本の指を伸ばした。

「一つは、そんな事件は最初から無かったから」

そして、わたしたちを見回す。

誰も、何も言わない。

恭助はニコッと微笑んで、

「二つ目の理由は、ぼくに話す前に、事件が解決したから」

わたしは……うなずくしかなかった。

「つまり、響子ちゃんは、市川先生が犯人だってことを、小学生の時から知ってたことになる」

　恭助の言うとおりだ。

　といっても、わたしが謎を解いたんじゃない。市川先生が、小学生だったわたしたちに、

「子どもに隠し事をしたくないから」

　って、全てを話してくれたんだ。

「映画の中で響子ちゃんは、以前、市川先生に会ったときに、家への地図を描いてもらったって言ってるよね。いつ、会ったの？」

　恭助の見開かれた目が、わたしを見つめている。

　えーっと……。言ってもいいのかな？

　でも、わたしが迷ってるうちに、恭助が答えを言った。

「最近のことだろ。そして、そのとき、そばに若旦那たちもいた。響子ちゃんは、若旦那に市川先生の話をするとき、小学校でコイが殺された話と、どのように事件が解決したかも話した。——こう考えると、今回の『殺鯉事件』の全てがわかるんだ」

「恭助の推理、一つだけ違ってるよ」

　わたしが口を挟む。

「市川先生の話だと、指輪を呑み込んだコイは、すぐに死んじゃったんだって。だから、市川先生は、あまりためらうことなく、コイをバラバラにしたの」

「その言葉を聞きたかったよ。これで、すっきりする」

恭助が、微笑む。

「中央広場の池には、物好きな人が硬貨を投げ入れてるじゃないか。そんなところにコイを放したら、コインを呑み込んで、すぐに死んでしまうよ。つまり、最初から中央広場の池に、コイはいなかったんだ。当然、由美子さんが毎日エサをやっていたというエピソードも、嘘だってことになる。こう考えていくと、今回の映画で起こった出来事は、全て若旦那が考え出した虚構の世界ということになる。現に、今の映画は、全て一日で撮影されたんでしょ？」

「――どうして、そう思うんだい？」

若旦那が恭助を見た。

恭助は、視線を逸らさない。

「『カンキリサイクル』です。全てのシーンに、『カンキリサイクル』で買った安売りの缶詰が出てきます。このことで、撮影が一日で行われたという証明ができるんです。今から、それを説明しましょう」

恭助が、わたしを見る。

「響子ちゃん、『カンキリサイクル』は一日だけの企画だったってのは、本当?」

わたしは、うなずいた。

「第一のシーンでは、由美子さんが『今日、缶詰が安かった』って言ってます。第二のシーンでは、響子ちゃんが中央広場に行くとき、賑わってる『Rカンピンタン』が映ってます。最後のシーンでは、市川先生が安売りで買ってきた缶詰の桃を出してます。このことから、同じ日の昼間に第三と第二のシーンを撮って、夜に第一シーンを撮影したことがわかります」

「ちょっと、待った。その『カンキリサイクル』も、わたしが考え出した虚構の世界の出来事だとは思わないのかい?」

若旦那が、恭助を制した。

恭助は、余裕の笑みで答える。

「それはありません。ただでさえ、振興会に睨《にら》まれている若旦那たちは、大っぴらに映画撮影できない立場です。その若旦那たちが、『カンキリサイクル』みたいな商店街を巻き込む派手なエピソードを撮影できるはずがない」

苦笑する若旦那たち。

若旦那が、口を開く。

「わかった。確かに、あの映画は一日で全て撮影したものだ。認めよう。だが、どうしてシーン3のあとにシーン2を撮ったと思うんだ？」

口を挟む若旦那に、恭助が答える。

「第二シーンが午後二時頃に撮られたものだということは、中央広場の時計が映っていたことからもわかります。いくら若旦那でも、広場の時計の針を勝手に動かすことはできませんからね。では、第三シーンが撮られたのはいつか？　これは、市川先生の家へ行くまでの様子でわかります。——今、第二シーンを映すことができますか？」

恭助に言われ、マスターと宮崎さんが、映写機にフィルムをセットする。

「よく見てくださいね」

恭助が、シーツに映った街並みを指さす。

「若旦那と響子ちゃんが市川先生の家へ向かうところです。影に注意して見てください。あまり影が伸びてないでしょ。これは、太陽が真上にあるからです。つまり、第三シーンは正午頃に撮られたという証明です」

恭助が、フィルムを停めさせた。

「これで、撮影の順序がわかりました。それでは、整理します」

指を一本ずつ伸ばしていく。

「この映画は一日で撮影された。撮影の順番は、上映されたシーンとは逆に第三シーンから撮られた。スケタケ殺しのネタは、市川先生の話から若旦那が考えた。初めから中央広場の池に、野良コイはいなかった。当然、エサをやってるという由美子さんのエピソードは作り話で、風鈴に吊るされたスケタケの生首も、宮崎さんが作った小道具。――以上です」

若旦那は、何も言わない。

わたしも驚いて恭助を見ている。

推理ドラマの謎解きくらい、恭助には簡単なことだと思ってた。

でも、まさか映画自体を謎解きするとは、思ってもみなかった。

「では、最後に、もう一つだけ戯れ言を言わせてもらいましょう。スケタケの首に吊るされた『うつしよはゆめ』の解説です」

恭助の言葉に、またわたしは驚かされた。

まさか、あの紙にも意味があるっていうの？

あれって、雰囲気を出すためだけに、若旦那がつけたと思ってたのに……。

「『うつしよはゆめ』――映画人の若旦那らしい言葉です」

恭助が、スクリーン代わりに張られたシーツの前に立つ。

「『映《うつ》し世は夢』――自分が創り出して銀幕に映す世界は、みんなに夢を見せている。そう言いたいんでしょ」

まいったなという風に、顔を伏せる若旦那。

「そして、こう続けたかった。『余《よ》の夢こそ、真実《まこと》』――自分の創り出す世界こそが、真実だと」

「お見事だよ！」

若旦那が、拍手する。

「まったく、これほど見事に謎を解くとは、思ってもみなかった。『魔術師《マジシャン》』の名前は、伊達《だて》じゃないな。まったく、見事なもんだ！」

恭助の肩を抱く若旦那。

「こんな優秀なスタッフが加わってくれると、監督としては心強い」

「え？」

恭助の目が、不安そうに細くなる。

「若旦那、それってどういうことなのか……」

「魔術師《マジシャン》の恭助君なら、わかってるだろ。マスターの結婚披露宴に向けて、あと四本は撮るつもりなんだ。今回は、推理物で仕上げたけど、次のは純粋な怪獣特撮物で勝負しようと思ってる」

「…………」

恭助の頬を、冷たい汗がツーッと流れた。

「撮影期間は一週間。明日の撮影は、午前十時から。時間厳守で中央広場に来てくれたまえ」

「あの……ぼく、明後日には出発しようと思って――」

若旦那は、恭助の言うことを聞こうとしない。

「アディオス！」

そして、若旦那たちは帰っていった。

残ったのは、わたしと恭助の二人。

恭助が、頬を指でカシカシと掻《か》く。

「若旦那たちは、相変わらずだね……」

急に静かになった室内。

恭助が卓袱台の前に座った。

「お茶、飲む？」

わたしが訊くと、

「うん。冷蔵庫に麦茶が入ってるから」

わたしは、恭助と自分のぶんのグラスを用意した。

「でも、披露宴の映画を、若旦那に頼んだってのは、良い選択だったかもしれないね」

恭助が、意外なことを言い始めた。

「若旦那は気づいてないみたいだけど――」

また、恭助の目が丸く見開かれた。

「由美子さんが、スケタケを殺したっていうストーリー。由美子さんは、マスターとの結婚を象徴してる指輪を守るため、犯行に及んだ」

「…………」

「全ては、由美子さんにとって、マスターが一番大切な人だっていうことを表現してるんだよ」

わたしは、映画を作ってるときの若旦那を思い出す。

少年のように目を輝かせてファインダーを覗く若旦那。

普通の演出では物足りず、自分が楽しめるように物語を変えていく若旦那。

――本当に、そんな深い意味が、あの映画にあったんだろうか……？

「まぁ、結果オーライの考え方かもしれないけどね」

恭助の目が、猫のように細くなった。

「でも、ぼくは若旦那の映画、けっこう好きだよ」

ドキッ！

恭助の口から『好き』なんて言葉が出ると、ドキッとしてしまう。

「……じゃあ、その若旦那と一週間も映画を撮れて、うれしいんだ？」

わたしが言うと、恭助は困ったように頭を掻いた。

「明後日、出発するつもりだったんだけどな……」

「いいじゃない、少しくらい出発が延びたって。その間、わたしたちと一緒に楽しい時間を過ごせるんだよ」

そのとき、恭助の右目だけが丸くなった。

「ひょっとして、響子ちゃんは、最初からそれが狙いで……」

さて、それはどうでしょう？

わたしは、何も答えず、麦茶を飲み干した。

Fin

New·New Adventure III 聖降誕祭

月にはウサギのサンタさん

月には　ウサギがいます。
まいにちまいにち　ウサギは　そらをみあげて　お地球見《ちきゅみ》をしていました。
地球は　いろんなかおを　ウサギに　みせてくれました。
あおく　ひかるときも
きんいろに　かがやくときも
くらく　ひっそりうかぶときも
ウサギは　地球をみるのが　だいすきでした。
「地球には　いっぱい人が　いるんだろうな」
ウサギは　ひとりぼっちでした。
まわりを　みまわしても　なにもありません。
ウサギは　ひとりぼっちでした。
「友だちが　ほしいな……」
ウサギの　ことばは　だれもいない

月のうえを　しずかに　ながれていきました。

冬の朝は、まだまだ暗い。

軍手の上からピンクのミトンをはめてるんだけど、カチンコを持った手が、かじかんで思うように動かせない。

口から出た息が、柔らかい綿菓子のようだ。

虹北《こうほく》商店街の近くにある児童公園。まだ、夜は明けきっていない。

時折、ウインドブレーカを着込んだジョギングお兄さんや、自転車に乗った新聞配達の人が、わたしたちを不審そうに見て通り過ぎる。

若旦那《わかだんな》たちと映画を撮るようになって、ずいぶんになる。はじめのうちは、世間の好奇の目が気になってたけど、それにも慣れた。

「準備は、いいかな?」

メガホンを持った若旦那が、カメラを構えた宮崎《みやざき》さんを見る。

宮崎さんは、黙ってうなずいた。

カメラの前には、ペンキが剝《は》げたブランコ。

『FADE IN』のマスターが、鎖を持ってブランコに乗っている。

「早く撮ってくれ〜。寒くて、死にそうだ」

帽子を被り、くたびれた背広姿のマスターが、悲鳴をあげた。

その横で、婦人警官の衣装の上から防寒着を着て、スタンバっている由美子《ゆみこ》さんが、

「心頭滅却《しんとうめっきゃく》すれば、寒くありません！」

と、マスターを励ます。（ちなみに、婦人警官の衣装は、若旦那のコレクション）

「よーし、一発で決めよう！」

若旦那の言葉で、わたしはカメラの前でカチンコを鳴らした。

うつむき加減でブランコを揺らすマスターの口から、小さな歌声が聞こえる。

「いのち短し　恋せよ乙女……」


さて──。

少し、状況説明をしておかないとね。

なぜ、早朝の公園で、わたしたちは映画撮影をしているか？

全《すべ》ては、来年の春に結婚するマスターと由美子さんのためだ。

若旦那は、今年のお盆に、マスターと由美子さんから、結婚披露宴《ひろうえん》で上映するビデオを

撮ってもらうように頼まれた。

ほら、よく二人の馴《な》れ初《そ》めや結婚にいたるまでをドラマ風に撮ったビデオを、披露宴で掛けたりするでしょ、あれよ。

ただ、マスターと由美子さんの決定的なミスは、頼んだ相手が『燃える一介の映画人』――若旦那だったってこと。

「普通のビデオでは、わたしの燃える映画魂《だましい》が納得しない！　披露宴に来てくれた観客を感動させるのが、わたしの使命だ！」

若旦那が拳《こぶし》を握りしめてから、早四ヵ月。

「ビデオテープより、八ミリフィルムこそが、結婚を祝福するに相応しい！」と主張する若旦那の下《もと》、わたしたちは、すでに四本の映画を撮り終えている。

今、撮ってるのが五本目だ。

「この調子でいけば、披露宴までに十本は撮れるな」

若旦那はうれしそうだけど、披露宴の間、ずっと若旦那監督の映画を見せられる招待客に、わたしは同情する。

で、今、撮ってる映画なんだけど――。

四十歳に手が届こうという『ＦＡＤＥ　ＩＮ』のマスターは、無気力無関心で生きてきた。それが、癌《がん》で余命幾ばくもないと知り、自分の人生に疑問を感じ始める。

そうしたとき、素晴らしい映画人、若旦那や宮崎さんと出逢い、映画制作に残った人生を掛けてみようと決意する。（この辺のストーリー、若旦那が言った原文に忠実だからね。もっとも、傍点《ぼうてん》を打ったのは、わたしだけど）

映画制作は、マスターが忘れていた人生の素晴らしさを思い出させる。

「おれには、もう時間が無いんだ……」

持てる全ての力を振り絞り、映画を完成させたマスターは、夜の公園で一人ブランコに揺られる。

そこへ現れる、婦人警官に扮した由美子さん。

そして、二人は恋に落ち、その後で怪獣が大暴れしたりするものの、結婚して末長く幸せに暮らす。

——とまぁ、こういったストーリーだ。

「どうして、マスターはブランコに乗らないといけないの？」

若旦那に訊くと、

「人生に悩んだ主人公は、ブランコに乗って『ゴンドラの唄』を歌わなくてはいけない！

それが、映画の鉄則だ！」

という答えが返ってきた。

理解できない……。

もっとも、いちいち若旦那の演出を理解しようとしてたら、頭がもたない。

ここは、わかった振りをして、物語を進めよう。


「よーし、カット！」

手と手をつないだマスターと由美子さんが、朝日を指さすシーンで、撮影は終わった。

「良かったよ、由美子君。最高の演技だった」

若旦那が、由美子さんに防寒着をかける。

鼻水を垂らしたマスターには、お構いなしだ。

「あとの撮影は――」

若旦那が、大学ノートをペラペラめくる。

このノートには、映画のアイデアや撮影スケジュール、簡単な絵コンテなどが描かれていて、若旦那の宝物だ。

若旦那は、ノートをスピルバーグに盗まれることを心配してるけど、宇宙が消滅する瞬間まで、そんな心配は不要だと思う。

「怪獣が出てきて、商店街を破壊するシーンか……。怪獣は宮崎君にCG合成してもらうとして、問題は逃げまどう群衆のシーンだな」

やっぱり、怪獣が出てくるのか……。

若旦那は、怪獣映画が好きだ。自分で撮る映画にも、必ず怪獣を出すようにしている。

「やっぱり、怪獣出すんだ……」

わたしの呟きは、

「当然だろう！」

という若旦那の一言で消滅した。

続いて、わたしの疑問。

「それはそうと、マスターが癌で余命幾ばくもないって設定は、どうなったの？　死期が迫ってる人間が、結婚して末長く幸せに暮らすって、おかしくない？」

「些細《ささい》なことだ」

そうかなぁ、些細なことかな……？

まぁ、マスターや由美子さんが文句を言わない以上、わたしがグチャグチャ言う筋合いでも無い。

ここは、大人の振りをして、黙っていようじゃないの。

わたしは、慈愛に満ちた笑顔で、何事か相談している若旦那と宮崎さんを見つめた。

「もう少し、きれいな雪景色を期待してたんだがな……」

若旦那が、厳しい視線で公園を見回す。

昨日降っていた雪は、深夜に止んだ。

足跡の無い、雪に覆われた景色を、若旦那は撮りたかったんだ。そのため、朝の六時という、信じられないような時間に、わたしたちは公園に集まった。

でも、世の中には早起きの人がいるものだ。

すでに、地面には早朝ジョギングの人の足跡や、自転車の轍《わだち》、カラスの足跡などがついている。

「足跡の無い場所を撮って、インサートカットとして使えば、きれいな雪景色を印象づけることができるんじゃないですか」

宮崎さんが、提案した。

「ふむ……」

さて、踏み荒らされてない場所となると……。

わたしは、公園を見回した。

ジャングルジムの向こうに、幅が二メートルくらいの階段がついている。そこをのぼったところは、教室くらいの広場で、小さな東屋《あずまや》がある。

「あそこだったら、まだ誰も行ってないんじゃない」

わたしの提案で、カメラを持った宮崎さんが階段に向かう。

でも、階段には、小さな足跡がついていた。

残念がるかと思ったら、

「……おもしろいな」

足跡を見て、若旦那が呟《つぶや》く。

雪に、何かおもしろい四コママンガでも描いてあるのかと思って、わたしは階段をじっくり見た。

……階段を往復する小さな足跡が、ついているだけだ。

若旦那、何を言ってるんだろう？

「ふっ、響子《きょうこ》君には、わからないようだね」

わたしは、鼻で笑われた。

別に、腹も立たない。逆に、若旦那がわかることが、わかる方がショックだ。（若旦那と同じ感性——ゾッとする……）

「よく見たまえ」

若旦那が、足跡をよく見るために雪の上にしゃがむ。

「これは、子どもの足跡だよ」

そんなこと、わざわざ言われなくたって、わたしにもわかる。

小さな足跡——サイズで言うと、二十センチくらいだ。

「おまけに、これは靴の足跡じゃない。サンダルだろう」

サンダル？

そんなことまで、わかるの？

「雪についた跡を見ると、シンプルなギザギザ模様だろ。靴の跡なら、もっと複雑なパターンになる。あと、雪への減《め》り込みから見て、体重は重い方だろうね。歩幅は、そんなに広くない。足跡は、階段の中央ではなく、右の手すりに近い方についている」

若旦那が立ち上がった。

「このことから、以下のような推理が成立する」

そして、呆気《あっけ》にとられてるわたしたちの周りを、ぐるぐると歩き始める。（これは、ひょっとして、名探偵が謎解きをするときの徘徊《はいかい》？）

宮崎さんが、足跡や若旦那を、ビデオカメラで撮る。

「足跡の主は、肥満に悩む小学校高学年の子どもだろう。その子は、冬休みに体重を減らそうと、早朝ランニングを始めた。そして、ランニングの仕上げに、階段のぼりをやった。——こんなところだろうね」

最後はカメラ目線で、若旦那が推理を終えた。

「すごいですね、若旦那。シャーロック・ホームズみたい！」

歓声をあげる由美子さんに、若旦那は、

「ホームズというと、ウイリアム・ジレットが演じた役名のことかね？」

不思議そうな顔を向けた。

わたしは、ホームズと聞いて、こんな受け答えをする若旦那の方が、不思議だ。

「質問、質問！」

わたしは、手を挙げる。

「今の推理じゃ、サンダル履きってところが説明されてないじゃない。どうして、その子は普通の運動靴じゃなくて、サンダルを履いてたの？」

でも、わたしの質問は、

「些細なことだ」

という若旦那の言葉で、無視された。

そうかな、些細なことかな……。

わたしたちは、足跡を辿《たど》りながら階段をのぼって、広場に出た。

足跡は、階段の上でUターンして引き返している。

広場には、きれいな雪景色が広がっていた。

「宮崎君、カメラを回してくれたまえ」

若旦那に言われて、宮崎さんが八《はち》ミリを回す。

朝日に照らされて、広場は輝いている。

いい映像《え》だ。

若旦那の妙なストーリーをつけずに、こういった、きれいな映像ばかりを編集した方が、良い映画になるんじゃないだろうか。

「よーし、今朝の撮影終了！　次は、十時に商店街の中央広場に集まってくれ」

若旦那が、腕時計を見る。

わたしは、その手を引っ張って言った。

「今日は、予定があるんだけど……」

「何を言ってるんだ。今は、冬休みなんだろ。時間は、いっぱいあるじゃないか」

若旦那は、取り合ってくれない。

「わたし、受験勉強したいんだけど……」

「受験？」

また、若旦那に鼻で笑われる。

「響子君は、受験勉強と映画撮影のどっちが大事かわかってるのかね？」

でも、普通に考えたら、受験勉強の方が大切に決まってる。

普通に考えたら、若旦那に常識は通用しない。

「では、十時に会えるのを楽しみにしているよ」

押し切られてしまった。

本当に、日本は学歴社会なんだろうか……？


朝御飯を食べるために、家に帰る。

わたしの家は、ケーキ屋さんだ。

厨房《ちゅうぼう》では、今日のクリスマスイブに向けて、お父さんがクリスマスケーキを作ってる。

「響子、ジョギングはどうだった？」

生クリームでデコレーションしながら、お父さんが訊いてくる。

「うん、まぁね」

曖昧《あいまい》に微笑《ほほえ》んで、返事に代える。

若旦那たちと映画撮影をしていることは、内緒だ。（正直に言ったら、絶対に家から出してもらえない）

お父さんは、虹北商店街振興会会長だ。で、若旦那たちが撮る映画の天敵になっている。

「なんで、わざわざ商店街が壊滅するような映画ばかり撮るんだ！　ただでさえ不況のときに、商店街のイメージダウンになる映画を撮らなくてもいいだろ！」

これが、お父さんの言い分。

そして、商店街で若旦那たちが映画撮影することを禁じている。

商店街のいたるところに、

「この者たちの撮る映画は、虹北商店街に災《わざわ》いをなすので、撮影現場を見つけ次第、振興会の方へ連絡してください」

という、若旦那たちの顔写真が載った貼り紙が貼ってある。（この貼り紙の方が、商店街のイメージダウンにつながってるようにも思うけどね）

若旦那たちだって、負けてない。

振興会の人たちに見つからないよう、ゲリラ撮影を繰り返している。

「所詮《しょせん》、一般大衆に、我々の映画を理解することはできない！」

これは、若旦那の言い分。

でも、一般大衆に理解できない映画を撮っても仕方ないような気がするんだけどね……。

そんなわけで、お父さんと若旦那たちは敵対関係にある。

受験が終わったら、『若旦那VSお父さん』の映画を撮ろうと、わたしは密《ひそ》かに計画している。

「ご飯を食べたら、ケーキの仕込みの手伝いをしてくれ」

お父さんに言われるけど、わたしにも予定がある。

「十時から図書館で勉強したいんだけど……」

「響子は、受験と家の手伝い、どっちが大事だと思ってるんだ？」

そりゃ、家の手伝いでしょうね……。

わかってるけど、答えられない。

黙ってしまったわたしを見て、お父さんが、溜息をつく。

「まぁ、仕方ない。だが、できるだけ早く帰ってきてくれ。何といっても、今日は一年で一番忙しい日だからな」

……親不孝な娘を、許してください。

商店街のアーケードに吊された様々な歳末商戦の飾り。

防寒着に身を包んだお客さんは、みんな忙しそう。

少し——ほんの少しだけど、景気は上向き加減のようだ。

でも、そんな年末の風景とは全く違った世界を創り出してる若旦那。

「じゃあ、マスターと由美子君は、手を取り合って走ってくれ。きみたちの後ろからは、大怪獣が迫ってきている。マスターは、大怪獣が迫ってきている恐怖と、愛する者を守ろうという決意を、表情と走り方で表現してほしい」

背広姿のマスターと、婦人警官姿の由美子さんに、若旦那が演技指導している。

「響子君は、買い物客が撮影の邪魔にならないよう、交通整理してくれたまえ」

無茶なことを言ってくる。

「そんなことをしたら、商店街の営業妨害になるじゃない」

わたしが言っても、若旦那は聞く耳を持たない。

すでに、宮崎さんとカメラアングルの相談をしている。

仕方ない……。

わたしは、買い物客の、

「この人たち、何やってるの？」

という視線に、

「どうも、どうも。年末ですね。良い年越しができるといいですね」

という曖昧な笑顔を向ける。

「では、テーク1！」

若旦那の言葉で、マスターと由美子さんが、カメラの方へ走り始める。

宮崎さんは、

「この人たち、何やってるの？」

という買い物客がフレームに入らないよう、絶妙のカメラワークで、二人を撮っている。

「カーット！」

若旦那が、両手を広げた。

「ダメだ……」

頭を抱えて、首を振る若旦那。

「このアングルでは、大怪獣に追われている、愛し合う二人が表現できない」

腕を組んで考えてるけど、

「この人たち、何やってるの？」

という買い物客が歩いてる商店街の遊歩道で、そんなシーンは撮影不可能だと思うけどね……。

「よし、ドリーを使おう」

若旦那が決断した。

ドリーを使う……？　意味が、わからない。

わたしの頭の中では、背の高い外国人レスラーが、若旦那にスピニングトーホールドを掛けている。

「移動式撮影のことだよ」

困ってるわたしに、宮崎さんが説明してくれる。

「台車なんかを使って、被写体の動きをフォローしながら撮る方法なんだ。これだと、背景が流れるから、スピード感のある映像《え》が撮れるんだ」

なるほど。

「よし、あそこの台車を借りよう」

若旦那が、伊藤《いとう》洋品店の前に置いてある商品搬入用の台車を指さす。

わたしは、慌《あわ》てて止めた。

「ダメだよ、若旦那！　ただでさえ、ゲリラ撮影なんてヤバいことやってんのに、お店の台車まで勝手に使ったら、さすがに振興会も黙っちゃいないよ！」

「ふむ……」

若旦那が腕を組んだとき、車椅子に乗った宮本《みやもと》さんが、幸運なことに（宮本さんにとっては、不幸なことに）やってきた。

「これはこれは、宮本君！　ご機嫌は、いかがかな？」

満面の笑みを浮かべて、若旦那が宮本さんに近づく。

ビクッとする宮本さん。白い上下のスポーツウエアが、浅黒い顔を引き立たせている。

「な……なんの用だ？」

宮本秀也《ひでや》さん――宮本スポーツ店の主人。年齢は三十歳くらいだろう。

宮本さんは、小さいときからずっと体操をやっていた。高校のときはＩＨ《インターハイ》で優勝したくらいだ。

それが、大学のときに交通事故で、両足の膝《ひざ》から下を切断する怪我《けが》を負った。体操選手の夢が断たれ、自暴自棄になったときもあったそうだ。

でも、その後は義足を付け、車椅子バスケットのチームに入って活躍している。

わたしは、宮本さんを見るたびに、すごいなぁと純粋に感心してしまう。

周りの人も、

「宮本さんを見ると、元気がもらえる」

って、言ったりする。

もっとも、宮本さんは、そんな風に言われるのが嫌いなようだ。

「おれは、滋養強壮肉体疲労時の栄養ドリンクじゃない！」

クールに睨《にら》み付けられる。（それでも、やっぱり、すごいと思うけどね）

若旦那が、筋肉で盛り上がった宮本さんの肩を、ポンポンと叩く。

「いい天気だね、宮本君」

「下らん時候の挨拶《あいさつ》は、いいよ。なんの用だ？」

宮本さんが、若旦那に鋭い視線を送る。本人は、

「目つきの悪いのは生まれつきだ」

って言ってるけど、かなりの迫力。

でも、若旦那は少しも気にしてない。

「いやね、きみも車椅子に乗ってきて疲れただろ」

「疲れたも何も、まだ家から三十メートルも来てないぜ」

確かに、宮本さんの言うとおりだ。

この場所から、宮本スポーツ店がよく見える。

「そこで相談なんだが、きみの車椅子を十分ほど貸してくれないか?」

笑顔で切り出す若旦那。

そうか……。若旦那、台車の代わりに、宮本さんの車椅子を使って撮影する気なんだ。

「……映画の撮影に使うのか?」

上目遣いで、宮本さんが訊いた。

「その通り」

「下らん映画じゃないだろうな」

「その点は、全く心配ない。我々の撮る映画は、宇宙一だ」

それを聞いて、しばらく考える宮本さん。

「——五分だけ、貸してやろう」

宮本さんが渋々うなずくのを見て、さっそくマスターが宮本さんを遊歩道のベンチに降ろす。

すかさず、宮崎さんが『こちょう屋』で買ってきた肉まんとアンまんを、そばに置く。

宮本さんがベンチに座るときに見えたんだけど、白いスポーツウエアの背中が、変わったデザインになっている。

背中の上の方に、赤い○。その両横に、子どもが描くお日さまみたいに、線が三本ずつ引いてある。線の下には、また赤い○が二つ。○の下に、線が一本ずつ……。

文章で書いてもわかりにくいけど、こんな感じだ。

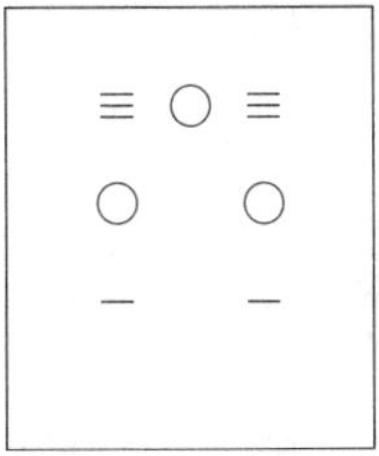

手描きかな？　何の模様だろう？

考えてるわたしの思考は、若旦那に邪魔される。

「宮本君、恩に着るよ！」

車椅子を借りた若旦那の顔から、作り笑いが消えた。

そして、カメラを持った宮崎さんを素早く乗せると、叫んだ。

「五分だ！　五分で、納得のいく映像《え》を撮る！　気を引き締めていこう！」

そして、スタンバイしてるマスターと由美子さんに、

「スタート！」

の声をかけ、車椅子を押した。

全く、元気な人だ……。

わたしは感心して、若旦那たちの動きを目で追った。

それから、宮本さんの隣りに腰掛ける。

「すみません、大事な車椅子を借りちゃって」

わたしが言うと、

「別に……」

という、ぶっきらぼうな返事。(でも、手には肉まんをしっかり持ってる)

うーん、困った。会話が続かない。

目の前では、マスターと由美子さんが走り回り、それを、車椅子に乗った宮崎さんと若旦那が併走している。

「この人たち、何やってるの？」

という買い物客の視線が増えてきたような気がする。

宮本さんが、ポケットから煙草を出して、くわえた。

「変わってはいるけど、若旦那たちは、悪い人じゃないな……」

煙と一緒に、独り言のように呟く。

「アマチュア映画なんて、周りの者から見たらバカげた趣味に、あれほど熱中できるんだからな」

世間からは、わたしもその仲間と思われてるんだろうな……。

「何事につけ、熱中できるものを持ってる人間は、幸せだよ」

ボソリと言う宮本さん。

そして、突然、クックックッと笑い出した。

どうしたんだろう?

「それにしても、妙な連中だ。世間では、車椅子に乗ってるおれから目を逸《そ》らす奴が多いのに、近寄ってきて、『車椅子を貸せ』とはね——」

笑ってる宮本さん、なんだか楽しそう。

「本当に、すみません。宮本さん、急いでたんじゃないですか?」

わたしが訊くと、

「そう急ぎの用があるわけじゃない。『虹北堂』から電話があってな。探してもらってた本が見つかったって言うから、取りに行くところだ。その後は、病院へ行くだけだしな」

病院?

宮本さん、どっか悪いんだろうか？

「知り合いの娘が入院してるんだ。その見舞いさ」

五分が過ぎた。

この寒いのに汗をかいてる若旦那たちが、やってきた。

「感謝するよ、宮本君。きみの車椅子のおかげで、思い通りの撮影ができた」

晴れやかな若旦那の笑顔。

「そいつは、良かったな」

腕にグッと力を入れ、体を持ち上げた宮本さんが車椅子に戻る。

「どうだい、きみも我々の仲間になって、映画制作に情熱を掛けないかね？　もっとも、きみが熱い映画魂を持ってればの話だが――」

若旦那の提案に、宮本さんは笑って手を振る。

「あいにくだけど、遠慮するよ。おれには、映画魂は欠片《かけら》もないから」

「若旦那、あまり宮本さんを引き止めたら迷惑よ。この後、虹北堂に寄ってから病院へお見舞いに行かないといけないんだから」

わたしが横から口を挟んだ。

「病院の面会時間ってのは、厳格だからな。面会時間以外に行って、いろいろややこしいことを言われるのは、まっぴらだ」

宮本さんの言葉を聞いて、若旦那が腕を組む。

「病院の面会時間か……おもしろい」

何か思いついたようだ。

「マスターに宮崎君、次の映画の構想ができてきたぞ！」

うれしそうに言った。

わたしは、どんな表情をしてるんだろう？　きっと、煎じ薬を口に押し込まれたような顔をしてるんだろうな……。

「舞台は病院だ。そこに、食中毒でマスターが入院している」

ブツブツとストーリーを話し始める若旦那。

「ちょっと、待った！　喫茶店の主人が、食中毒ってのはマズいだろう」

マスターに言われ、若旦那が訂正する。

「確かにそうだな。では、交通事故にしよう。で、そこへ由美子君がお見舞いに訪れる。しかし、面会時間は過ぎていて、由美子君は病室へ行くことができない。面会時間を楯に、追い返そうとする看護婦たちと、由美子君の激しい戦闘《バトル》が繰り広げられる。——よし、今度は、戦争ものだ！」

ダメだ……。

すでに、若旦那はイッチャってる。

「見せ場は、病院の庭から呼びかける由美子君だな。由美子君が、病室にいるマスターを見上げて言う。『マスター、あなたはどうしてマスターなの？』それに対して、マスターが答える。『ぼくの本名は青谷《あおたに》だよ』――この深い台詞《せりふ》のやり取りで、二人の愛の深さが表現できるというものだ！」

言葉が無い……。

頭痛がする……。

「そういや、ぼくの本名は青谷だったな。いつもマスターって呼ばれてるから、忘れてたよ」

マスターが呟いた。

でも、自分の世界に入り込んでる若旦那には、何も聞こえてない。

「マスターが、庭にいる由美子君に言う。『ぼくと結婚して、きみも青谷になろうじゃないか！　そうすれば、ぼくが青谷だってことで悩む必要が無い。きみも青谷になるんだからね！』――観客のハンカチは、涙でグショグショになるだろうね」

わたしは、車椅子の手押しハンドルを持った。

これ以上、若旦那と一緒にいたら、おかしくなってしまう。

「では、今から宮本さんを虹北堂へ送っていきます！　お先に失礼します！」

そして、振り返らないように、車椅子を押して現場を離れた。


「すみません、なんか宮本さんを利用するような形になって……」

車椅子を押しながら、わたしは宮本さんに言った。

「別に構わんよ。それに、おれもきみに頼みたいことがあるしな」

頼み……？

なんなんだろう？

「見舞いに、一緒についてきてくれないか」

「なんだ、そんなことですか。いいですよ」

わたしは、安心すると同時に、答えた。車椅子バスケの選手になってくれなんていう、難しい頼みかと思って、緊張してしまった。

「助かるよ」

車椅子に乗った宮本さんが、首をまわして、わたしを見る。

目を細めて微笑んでいる。なんか、ホッとする笑顔だ。

でも、わたしがついてっても、いいんだろうか？

「知り合いの娘っていっても、まだ保育園なんだ。おれが一人で行くより、優しいお姉ちゃんと一緒に行く方が、向こうも喜ぶさ」

わたしは、優しいお姉ちゃんってところに、すごく気分を良くした。

虹北堂は、商店街の中で最も古いお店。

古い木造の建物は、多彩な色で塗られた周りの店に溶け込むことなく、かなり目立っている。

店の入り口は、敷居の所に斜めに削《けず》った材木を敷いて、段差を無くしてある。

わたしは、車椅子を押したまま、店内に入った。

「ああ、宮本君。待ってたよ」

店の奥から、恭《きょう》じいちゃんの声がした。

恭じいちゃんは、恭助《きょうすけ》とそっくりだ。顔の皺《しわ》を減らして、銀髪を赤く染めたら、恭助と見分けがつかない。

「はい、頼まれていた本」

恭じいちゃんが、宮本さんに本を渡す。

表紙に、サンタの衣装を着たウサギが描かれている絵本だ。

『月にはウサギのサンタさん』という文字が、優しく躍っている。

「あー、ウサンタの絵本！」

わたしは、思わず叫んでしまった。

「そんなに有名な本なのか？」

宮本さんが訊いてくる。

うーん、有名かどうかは知らないけど、保育園のときに読んで以来、ずっと読み返したいと思っていた絵本だ。

わたしは、ウサギのサンタだから、ウサンタの絵本と呼んでいた。

宮本さんが、恭じいちゃんにお金を渡す。

「プレゼントだろ。良ければ、プレゼント用の包装をするけど」

恭じいちゃんが、緑の小さなモミの木が散った赤い包装紙を出す。

「どうして、プレゼントだと思うんです？」

少し驚いた宮本さんの声。

「三十路《みそじ》過ぎのスポーツマンが、絶版の絵本をクリスマスイブまでの期限付きで探してたら、誰だってプレゼント用だって思うさ」

慣れた手つきで、絵本をラッピングする恭じいちゃん。

わたしは、こんな可愛い包装紙が虹北堂にあったことに、驚き。

でも、『月にはウサギのサンタさん』、わたしも欲しいな……。

よだれが出そうなわたしの視線に、恭じいちゃんが気づく。

「じゃあ、今から買い付けに行くから、響子ちゃんのぶんを、ついでに探してあげるよ」

恭じいちゃんが、ハンチングを被る。

買い付けって……また、旅に出るの？

恭じいちゃんは、恭助に留守番を任せて、しょっちゅう古本の買い付けをしに旅に出ていた。

一度出かけてしまえば、半年近くは帰らない。この点、やっぱり恭助と似ている。

でも、最近は恭助がいないので、恭じいちゃんが旅に出ることは、あまり無かった。

え？　その恭じいちゃんが買い付けに出かけるってことは……。

わたしは、恭じいちゃんの顔を見る。

恭じいちゃんの細い目が、優しくわたしを見ている。

「今朝《けさ》、連絡があってな。今日中に帰ってくるそうだ」

恭助が帰ってくる！

あまりに突然の情報に、わたしの頭はパニックを起こしてしまった。
「じゃあ、頼まれていた本も渡せたし、わしは出掛けることにするよ」
その言葉が終わると同時に、わたしと宮本さんは店から追い出された。
恭じいちゃんが、素早く雨戸を閉める。
「恭助が帰ってきたら、しっかり店番するように言っといてくれないかい」
そう言い残して、ボストンバッグ一つ持った恭じいちゃんは行ってしまった。
まるで、風に揺らぐ蜃気楼《しんきろう》みたいな人だ。
それにしても、恭助、ちゃんと帰ってくるんだ……。
わたしは、この後の予定を素早く考える。
まずは、宮本さんと一緒に病院へお見舞い。
家に帰ってからは、ケーキ売りの手伝い。
道中、若旦那に見つからないようにしないといけない。
ここまで考えて、わたしは虹北堂の雨戸に、一枚の紙を貼った。

恭助へ
おいしいクリスマスケーキを用意してるので、すぐに来てね♡

これで、よし！

わたしは、宮本さんと、虹北市民病院へ向かう。

商店街を抜けて、病院へ行く間に、わたしは見舞い相手の情報を宮本さんから聞き出した。

進んで会話をしようとしない宮本さんから聞き出すのは、かなりたいへんだった。

まず、見舞い相手の名前だけど、倉田《くらた》亜矢《あや》ちゃん。五歳の女の子。

「知り合いの娘って言うけど、宮本さんは、お父さんの方と知り合いなんですか？　それとも、お母さん？」

これへの答えは、かなり時間がかかった。

「……母親の方だ」

ぶっきらぼうな返事。

ほー、そうなのか。母親の方の知り合いなのね。

わたしが醸《かも》し出す、ワイドショー大好きおばさんの雰囲気を察して、宮本さんが自分から口を開く。

「母親の恵美子《えみこ》……さんは、大学の体操部で、マネージャーをしてくれてたんだ。それだけだ」

宮本さん、そんなにムキにならなくってもいいよ。

「……亜矢ちゃんは、寂しがりやなんだ」

また、宮本さんが話し始める。

「亜矢ちゃんが小さいときに、両親が離婚した。恵美子……さんが引き取ったものの、忙しくて、いつも一緒にいてあげられない。亜矢ちゃんは、寂しいんだ」

「恵美子さん、何の仕事をしてるんです？」

「出版社に勤めてるって話だ。時間が不規則な仕事で、なかなか亜矢ちゃんと遊んであげられないって、この間、言ってた」

そうか、この間、言ってたのか……。つまり、宮本さんは恵美子さんと、この間、会ってるってことね。

「訊きたいことは、それぐらいか。じゃあ、おれからも質問させてもらおう」

宮本さんが、首を回して、わたしを見る。

「『月にはウサギのサンタさん』って、どんな話なんだ？　題名から、月に住むウサギが、サンタの格好をするってのは、想像できるんだけど」

えーっとね……。

わたしは、保育園の時の記憶を引っぱり出す。

「月に住むウサギが主人公なの。このウサギは、いつも地球を見て、友だちが欲しいなって考えてたの。それで、ある日、大きな望遠鏡を作って地球を見てた。ちょうど、その日はクリスマスで、みんな楽しそうにしていたわ。ウサギは、クリスマスにプレゼントを配っているサンタクロースを見て、自分もサンタになったら、地球の友だちがいっぱいできるって考えたわけ」

それから、ウサギはサンタの衣装を作ったり、プレゼントにするお餅をついたり、いろいろと準備をした。

全ての準備が終わって、さぁ地球へ行こうとしたとき、ウサギは困ってしまった。

「どうして？」

「だって、地球と月って、すごく離れてるのよ。ウサギは、どうやったら地球へ行けるか、わからなかったの」

わたしが答えると、宮本さんは不思議そうな顔をした。

「そんなの、絵本なんだから、なんでもありなんじゃないのか？」

うーん、どうなんだろう……？

「とにかく、ウサギは考えたの。どうやったら、地球へ行けるか？　そこで、飛行機を作ったんだけど、空気の無い月では、飛行機はうまく飛ばなかった」

「……ロケットは作らなかったのか？」

そう訊かれても、わたしは答えられない。

どうも、保育園の時の記憶には限界があるようだ。

「で、結局、ウサギは地球へ行けたのか？」

わたしは、答えない。というか、答えられない。

だって、覚えてないんだもん。

「結末は、亜矢ちゃんに絵本を見せてもらったら」

曖昧に微笑んで、わたしはごまかした。

亜矢ちゃんの病室は、四階。

さすがに病院は、どの場所も段差が無く、車椅子を押したまま、どんどん進める。

エレベータで四階へ。出たところにナースステーションがあり、わたしたちは面会者ノートに名前を書いた。

『倉田亜矢』というプレートがかかった個室。

宮本さんがノックすると、中から、

「どうぞ」

という女性の声がした。

ドアを開けると、

「あー、戦車のオジサンだ！」

という可愛い声が迎えてくれた。

小さな女の子が、ベッドに上半身を起こしている。この子が、亜矢ちゃんだろう。

わたしは、小声で宮本さんに訊いた。

「『戦車のオジサン』って、なんのことですか？」

「前に、亜矢ちゃんが恵美子……さんと車椅子バスケを見に来たんだ」

そのとき、車椅子に乗ってコートを縦横無尽《じゅうおうむじん》に走り回る宮本さんが、戦車に乗ってるように思えたんだって。

「宮本君……」

ベッドの脇のパイプ椅子に座っていた女の人が、立ち上がる。この女《ひと》が、亜矢ちゃんのお母さん――恵美子さんだろう。

「今日は、クリスマスイブだからね。亜矢ちゃんに、プレゼントを持ってきたんだ」

なんか、怒ったような感じで、宮本さんが恵美子さんに言った。（あとでわかったんだけど、宮本さんは怒ってたんじゃなく、照れてたんだ）

「はい、これ」

宮本さんが、亜矢ちゃんに赤い包装紙で包まれたプレゼントを渡す。

「ありがとう！」

開けてもいい？　って目で、亜矢ちゃんが宮本さんを見る。

宮本さんは、黙ってうなずいた。

「あー、『ウサギのサンタさん』だ！」

両手で本を掲げる亜矢ちゃん。

その声に、宮本さんが目を細める。

「前に、読みたいって言ってただろ。やっと、見つかったんだ」

宮本さんが、少し照れたように言う。

「それに、今日はお姉ちゃんも来てくれたんだよ」

そう紹介され、わたしは笑顔を亜矢ちゃんに向けた。

「ありがとう、お姉ちゃん」

亜矢ちゃんも、飛びっきりの笑顔を見せてくれる。

いいなぁ、これくらいの歳の子って。笑顔一つで、周りを明るくできる。

「ねぇ、戦車のオジサン。今夜、雪、降るかな？」

「どうかなぁ。昨日、降ったから、今夜はお休みじゃないかな」

宮本さんのぶっきらぼうな口調は変わらないんだけど、なんとなく暖かい。

「えー、つまんない。今日降ってくれたら、ホワイトクリスマスになるのに……」

亜矢ちゃんが、口を尖《とが》らせる。

そうか、ホワイトクリスマスか……。

そういや、わたしも小さいときは、クリスマスに雪が降ってくれないかなって、楽しみにしてた。

そのとき、腕時計を見て、恵美子さんがカバンを持つ。

「宮本君、せっかく来てくれたのに、ゴメンね」

「ああ、おれは暇《ひま》だからな。できるだけ亜矢ちゃんと一緒にいるよ」

ホッとした恵美子さんの顔。

きっと、亜矢ちゃんを一人で置いていくことが不安で仕方なかったんだろうな。

「お願いね」

そして、亜矢ちゃんの髪を優しく撫《な》でる。

「じゃあ、お母さん、お仕事に行くからね。何かあったら、すぐに枕元のボタンを押して、看護婦さんを呼ぶのよ。それから、お医者さんの言うこと、よく聞いて、賢く寝てるのよ」

「今日の夜は？」

亜矢ちゃんに、そう訊かれて、恵美子さんは少しだけ哀しそうな顔をした。

「ごめんね。今が、一番忙しい時期なの。明日のお昼には、帰ってくるから——」

「……うん」

自分が寂しそうな顔をしたら、お母さんが困るって知ってるんだろう。

亜矢ちゃんが、元気な顔を作る。

「宮本君、よかったら、ゆっくりしていって。亜矢も喜ぶから」

宮本さんに、そう言って、恵美子さんは病室を出ていった。

バタンという戸が閉まる音が、妙に大きく聞こえる。

「……お母さん、忙しいんだね」

宮本さんが、亜矢ちゃんに言う。

「うん。でも、明日には、お休みもらえるって言ってた。そしたら、お母さんとクリスマスパーティするんだ。それまでは、一人で頑張るんだ」

広い病室と大きなベッド。亜矢ちゃんは、消えてしまいそうなくらい、小さい。

白い壁と白いシーツ。その中に、亜矢ちゃんのピンクのパジャマは、呑《の》み込まれてしまいそうだ。

亜矢ちゃん、寂しいだろうな……。

わたしの視線に気づいた亜矢ちゃんが、ニッコリ微笑む。

「寂しくないよ。だって、もう五歳だもん」

それを聞いて、わたしは胸が痛んだ。

もう五歳だから——亜矢ちゃんは、お母さんから、何度もそう言われてるんだろう。

もう五歳だから、わかるでしょ。五歳だから、我慢できるわね。

でも、亜矢ちゃんは、まだ五歳なんだ。

寂しかったら泣けばいいし、一緒にいてほしかったら、お母さんに抱きつけばいいんだ。五歳って、それが許される年齢じゃない。

なのに、亜矢ちゃんは我慢している。

健気《けなげ》すぎるよ……。

「それに、一人で賢く寝てないと、サンタさん来てくれないんでしょ」

ニッコリ微笑む亜矢ちゃん。

「隣の部屋のお兄ちゃんが、サンタはいないって言ってたけど、あれ、嘘だよね。サンタさん、いるよね」

「亜矢ちゃんは、サンタさんがいるって思うんだ」

宮本さんが訊いた。

「うん」

「じゃあ、いるよ」

大きな手を、亜矢ちゃんの頭に乗せる宮本さん。

「亜矢ちゃんが信じてるのなら、絶対にサンタさんはいるよ。たとえ、他の人が、『サンタなんか、いない』って言っても、大丈夫。ちゃんと、サンタさんはいるから」

亜矢ちゃんは、宮本さんの言葉を聞いて、安心したようだ。

わたしは、窓際に行く。部屋の熱気で曇ったガラスを手で拭くと、病院の庭が見えた。

恵美子さんが、病室の窓を見上げている。

やっぱり、恵美子さん、亜矢ちゃんのことが心配なんだ……。

そして、カバンを持ち直すと、恵美子さんは振り返らず歩いていった。

部屋の中では、宮本さんと亜矢ちゃんが、サンタの話をしている。

「サンタさんから、欲しい物があるんだ？」

宮本さんが訊くと、亜矢ちゃんが微笑んだ。

「うん。でも、戦車のオジサンには、内緒！」

内緒と言われて、少し——いや、かなり寂しそうな、宮本さんの顔。

その後、わたしたちは、夕食が配られる時間まで病室にいた。

「わたしの家、ケーキ屋さんなんだ。明日、クリスマスケーキ、持ってきてあげるからね」

病室を出るとき、わたしは亜矢ちゃんに言った。

そうは言ったけど、できるならサンタクロースの格好をして、夜の間にこっそりと届けてあげたい。

「ありがとう、お姉ちゃん」

小さな手を振ってバイバイする亜矢ちゃん。

わたしは、宮本さんとエレベータで一階へ下りた。

正面玄関ロビーの隅に、若旦那たち御一行様がいた。

「若旦那……何やってるの？」

わたしは声を掛けたが、関わり合いになりたくない宮本さんは、さっさと一人で帰っていった。

「ロケハンの相談だ」

病院の図面を広げた若旦那が言う。

それにしても、病院の図面なんて、どうやって手に入れたんだろう？

「五本目の映画がクランクアップしたからね。次の撮影に備えて、ロケハンの相談をしてるんだ」

宮崎さんが、補足説明してくれる。

でも、次の映画って……。

「ひょっとして、さっき商店街で話してた、見舞いに来た人と看護婦さんたちの戦争物？」

わたしの質問に、若旦那たちが「当然！」という顔で、うなずいた。

「それで、病院のセキュリティを調べてるんだ」

若旦那が、ペンで図面をなぞる。

「病院へ入る場所は、『正面入り口』、『時間外入り口』、『健康管理センター入り口』の三ヵ所――それぞれ、『トム』、『ディック』、『ハリー』という暗号名《コードネーム》を付けよう」

虹北市民病院は、地下一階、地上五階の建物だ。三階からが入院病棟になっている。

「三階へ行くには、エレベータと階段を使う手があるが、問題はナースステーションの位置だ」

若旦那のペンが、エレベータホールのそばにあるナースステーションを指す。

「この位置では、看護婦の目を盗んでエレベータから出ることはできない。よって、病室へ行くには階段を使うしかない」

「陽動作戦は、どうだろう？ わざとエレベータを使って、看護婦の目を集めるんだ。そして、その間に主人公は病室へ向かう」

マスターが、若旦那に提案する。

「ふむ……おもしろいな」

腕を組む若旦那の横で、今度は宮崎さんが言う。

「階段やエレベータを使わない手もあります」

宮崎さんが、屋上を指さす。

「屋上にヘリコプターで下りて、ロープで病室の窓へ行くんです。アクションとしては、こちらの方が絵になりますよ」

「ふむ……その方が、おもしろいな」

そんなやり取りを、由美子さんは、ニコニコして聞いている。

まったく、一人でもバカなのに、三人寄ると三倍バカになってるわ。

でも、今回は、わたしも仲間に入れてもらおう。

「ねぇ、若旦那。そのロケハン、いつやるの?」

「愚かな一般大衆が、クリスマスイブのドンチャン騒ぎをやってる今夜にしようと思ってる」

わたしは、それを聞いて、右手を挙げた。

「わたしも一緒に行くからね」


その後は、みんなと別れて家へ帰る。

店の前にはテーブルが出され、クリスマスケーキが山積みされている。

「ケーキ、いかがですか?」

可愛い声で、仕事帰りのサラリーマンを釘付けにしているのは、わたしのお姉ちゃんと、お姉ちゃんの友だちの〝アルバイトギャル部隊〟だ。

「遅いぞ、響子!」

威勢のいい声と一緒に、お父さんがエプロンを投げてくる。

エプロンを着けたら、もう何かを考えてる時間は無い。

目の前のケーキを売る！——これだけだ。

冬の夕暮れは早い。

クリスマスプレゼントを買ってもらった子ども。手をつないだお母さんが、笑顔で見ている。

アーケードに吊られたイルミネーションが、一斉に光り始める。

そして、肩に猫のナイトを乗せ、黒マントを着た恭助がやってきた。

「あの……」

恭助が何か言い出したけど、わたしは聞く耳を持たない。

サンタクロースの衣装を投げつけ、

「ボサッとしてないで、さっさと働く！」

店の前で、呼び込みをさせた。

赤い服と帽子、白い髭《ひげ》と眉毛《まゆげ》を付けた恭助。なかなか似合ってる。（赤い髪に白い髭が、ミスマッチに思えなくもないけど……）

ナイトの鼻に赤いポンポンをつけ、赤鼻のナイトにする。

「きゃー、かわいい！」

ボキャブラリィは貧困だけど、ケーキ代は持ってるギャルたちが、ナイトを取り囲む。

わたしと恭助は、隙《すき》を見て彼女たちにケーキを売りつける。

よし、クリスマスムードは、いやでも盛り上がってきたわ！


「諸君の健闘に、感謝する！」

お父さんが、わたしたちを前に敬礼する。

目の下の隈《くま》が痛々しい……。

午後十時をまわり、商店街にも静けさが戻ってきた。

さっきまで、戦場のように賑わっていた店内。キラキラしたモールや、窓ガラスに描いた雪だるまが、お疲れさまって言ってくれてるようだ。

「きみたちのおかげで、今年はケーキを完売することができた」

その言葉に、わたしたちもホッと一息。

毎年、我が家では、イブの夜にクリスマスパーティをやっている。しかし、クリスマスケーキが売れ残った場合、ノルマとして、売れ残った分を全て食べなくてはいけない。

お父さんの作るケーキ、おいしいことはおいしいんだけど、さすがに何個も食べられるものじゃない。

「おや？」

お父さんが、店の隅に置かれたケーキの箱を見つける。

「なんだ、一個売れ残ってたじゃないか」

「あっ、それ違うの！」

わたしは、お父さんからケーキの箱を奪い取る。

「これ、わたしが買ったぶん。ちゃんと、お金も払ってるからね」

不思議そうな顔をするお父さんに、畳み掛けるように説明した。

「ねぇ、響子ちゃん――」

恭助が、わたしの服の裾《すそ》を引っ張る。

「この衣装、もう脱いでいいかな？」

恭助は、まだサンタの衣装を着ている。

「悪いけど、もう少しだけ我慢してね」

わたしは、

「クリスマスパーチーだ！」

と拳を振り上げるお父さんたちに見つからないよう、恭助を連れて、そっと店を出た。

もちろん、手には一個だけ残しておいたクリスマスケーキ。

雪がチラチラと舞い始めた。

黒いアスファルトが、少しずつ白く変わっていく。

わたしと恭助は、虹北市民病院への道を歩いている。

酔っぱらったオジサンが、サンタ姿の恭助に、

「お〜、めりぃくりすます〜」

と、モロに平仮名の発音で声を掛けていく。

複雑な表情で、手を振り返している恭助。

「時間厳守だな」

病院の駐車場。

若旦那と宮崎さん、マスター、由美子さんが、わたしたちを待っていた。

由美子さんは、ベージュのウォームアップコートを着込んでる。暖かそう。

若旦那たち三人は、黒の忍び装束。

本人たちは、目立たないようにという考えなんだろうけど、白い雪景色に黒の忍び装束って、ものすごく目立ってる。（おまけに、病院の中も白いよ……）

「なんだい、恭助君。そのサンタの格好は？」

若旦那が、厳しい目でサンタ姿の恭助を見る。

「我々は、今から病院へ忍び込んで、ロケハンを行うんだよ。そんな目立つ格好で、忍び込めるとでも思ってるのかね」

「………」

恭助は、答えない。

雪景色の中の、忍び装束とサンタの衣装。どっちが目立つのか、アンケートを取ってみたいところだ。

「まぁ、仕方ない。その代わり、我々の行動に支障をきたすようなら、容赦なく見捨てるからね」

ビシッと若旦那が言った。

わたしの頭の中で、『五十歩百歩』という言葉が点滅する。こんな状況でも故事が浮かんでくるなんて、受験生の鑑《かがみ》といえるだろう。

「それでは、侵入ルートを確認する」

若旦那が、図面を広げる。

「侵入できる場所は、『トム』、『ディック』、『ハリー』の三ヵ所。そのうち、『トム』は面会時間終了とともに、鍵が掛けられている」

えーっと……。

わたしは頭の中で、若旦那の言った言葉を変換する。

確か、『トム』は正面入り口、『ディック』は時間外入り口、『ハリー』は健康管理センター入り口だったわね。

でも、わたしたちしかいない状況で、わざわざ暗号名《コードネーム》を使う必要があるんだろうか……？

「じゃあ、『ディック』を使おう」

マスターが、時間外入り口を指さす。

「いや、そこはマズい」

首を横に振る若旦那。

「ここは、いつなんどき緊急患者が運び込まれるかもしれない。病院側に発見される可能性が高い」

「それなら、残るのは『ハリー』ですね」

「いや、『ハリー』も、すでに鍵を掛けられている」

それはそうでしょうね。夜中に健康管理センターを開けてても、仕方ないもん。

「じゃあ、どこから入るんです？」

笑顔で、由美子さんが訊いた。

若旦那が、ニヤリと笑う。

「ここだ！」

若旦那の指さした場所は、地下駐車場のエレベータだった。

「昼間の地下駐車場は、警備員がいて、車の出入りを見張ってるが、夜間は誰もいない。この地下駐車場のエレベータを、『タロウ』と名付ける」

だから、わたしたちしかいない状況で、暗号名《コードネーム》を使う意味は、どこにあるの？

「『タロウ』から侵入した後、二階でエレベータを下りる。二階からは、階段を使って三階へ向かう」

若旦那の指が、ナースステーションを避け、建物の隅にある階段を指す。

そして、図面の上に違う紙を広げる。

「問題は、看護婦の見回りの時間だ」

若旦那が広げた紙には、一時間ごとに各階を見回る看護婦さんの名前が書いてあった。

「この見回りの看護婦に見つからないよう、我々は三階から五階までの病室をロケハンしなければならない」

若旦那の真剣な口調に、マスターと宮崎さんが、うなずいた。

「若旦那、少し質問してもいい？」

「かまわん。些細な疑問も、作戦行動に支障をきたすときがあるからな」

真剣な顔の若旦那に、わたしは訊いた。

「病院の図面や、この看護婦さんの見回りの時間——どうやって調べたの？」

「看護婦に知り合いがいるんだ。その人に、頼んだんだ」

あっけらかんと答える若旦那。

「………」

わたしは、しばらく考えてから言った。

「それじゃあ、その看護婦さんに、『映画のロケハンをしたいので入れてください』って言ったら、すんなり入れたんじゃないですか？」

「それだと、忍び込むおもしろさを味わえないじゃないか！」

「………」

わたしは、目を閉じた。

頭が痛い……。

今から、病院へ行くんだけど、頭痛薬もらえるかしら？

「他に質問は無いかね？」

若旦那が、わたしたちを見回す。

「それでは、合い言葉を確認する」

合い言葉……？

もう、わたしは突っ込む気力もない。好きにやってくれ。

「『拳銃』は？」

若旦那が叫ぶ。

「『最後の武器』だ！」

マスターと宮崎さんが、声を揃えて答えた。

わたしは、進路を医学系に変えて、『バカにつける薬』を開発しようと、真剣に考えた。

地下駐車場。

黄色いライトが、寒々しい。

停められている車も、ほとんどない。

コンクリートの太い柱。天井の低い駐車場を、わたしたちは足音を立てないように注意して歩いている。

若旦那、マスター、宮崎さんの後を、由美子さん、わたし、恭助が続く。

宮崎さんは、ビデオカメラを構えて、周りの様子を写している。

それにしても、夜の病院は不気味だ。

生ける屍《ゾンビ》が、車の陰から、ひょっこり現れてもおかしくないような雰囲気だ。

エレベータが二基並んでいる。

わたしたちは、エレベータに乗り込んだ。

若旦那が、②のボタンを押す。

「ここまでは、順調に来た。しかし、気を抜いてはいけない！」

若旦那たち三人は、気を引き締めている。

一方、わたしと由美子さんは気楽だし、サンタ姿の恭助は、気の引き締めようが無い。

(ゴルゴ13みたいな、目つきの鋭いサンタクロースなんて、想像できないでしょ)

エレベータのドアが開いた。

照明は絞られている。人の気配は無い。

三階から上の入院病棟と、緊急処置室のある一階には人がいるが、夜間、この二階には誰もいない。——若旦那が、看護婦さんから仕入れた情報だ。

わたしは、最終戦争《ハルマゲドン》で人類が滅亡した後のような寂しさを感じた。

「こっちだ」

若旦那の後について、わたしたちは進む。

自販機コーナーと診察室、処置室を過ぎ、階段に着いた。

「さぁ、いよいよ病室だ。恐れることなく、ロケハンを敢行《かんこう》するぞ」

若旦那が、階段に足をかけた。

そのとき——。

「きゃぁ〜！」

という激しい悲鳴が、聞こえた。

なんだ？

しばらくの沈黙。続いて、バタバタとドアが開く音。

もう、考えてる時間は無かった。

「撤収《てっしゅう》！」

若旦那が走る。

その後を、わたしたちも走る。

エレベータに乗り、地下駐車場へ。

一度も振り返らず、わたしたちは外の駐車場まで走った。

誰も追っかけてきてないのを確認して、ホッと一息。

「あー、ケーキ崩れちゃった……」

手に持っていたケーキの箱を開けると、中は無惨な有り様。

走ってる途中に揺すってしまったためだ。せっかくのデコレーションが、グチャグチャになってる……。

「偉大な芸術作品を完成させるためには、ある程度の犠牲《ぎせい》はつきものだよ」

若旦那が、わたしの肩をポンと叩く。

本人は慰めてるつもりなんだろうけど、わたしはケーキを若旦那の顔に投げつけたくなった。

せっかく、亜矢ちゃんにケーキを届けてあげようと思ったのに……。

仕方ない。明日、新しいケーキを持って、またお見舞いに行こう。


小雪の降る中、わたしたちは虹北堂を目指している。

どうして、虹北堂に向かっているか？

それは、

「恭助君も帰ってきて、我がスタッフが勢揃いしたことだし、上映会をやろうじゃないか」

って、若旦那が言い出したからだ。（「我がスタッフ」という部分で、恭助が、激しく首

をひねった）

夏に撮り始めた『マスターと由美子さんの結婚披露宴上映用作品』も、すでに四本が完成し、五本目もクランクアップした。

「中間点を迎えて、ここで今までの作品を振り返り、反省会の意味を込めて上映会をするのも悪くない考えだ」

若旦那が、満足そうに言った。

「中間点？」

また首をひねる恭助に、若旦那が言う。

「全部で十本は撮りたいからね」

そうか……。

マスターと由美子さんの結婚披露宴が終わるまで、このバカ騒ぎは続くのか……。

途中、若旦那が家に寄って、完成フィルムを持ってくる。

虹北堂では、マスターと宮崎さんが、スクリーン代わりのシーツを張ったり、八ミリ映写機やビデオプロジェクターの準備で、忙しい。

わたしと由美子さんは、お茶の用意。

せっかくだから、崩れたケーキも出してしまおう。

デコレーションがグチャグチャになったケーキに、蠟燭を挿《さ》して火をつける。すると、楽しいクリスマスっていうより、墓場での百物語って雰囲気が醸《かも》し出される。

「ねぇ、これ脱いでいい？」

恭助が、真っ赤なサンタの衣装を指さす。

「そのままでいなよ、恭助。結構、似合ってるし」

わたしに言われ、大人しくコタツに座る恭助。（なかなか、よく言うことを聞くわね）

ナイトは、すでに赤鼻を取ってしまって、澄まし顔。

「どの作品を掛けるか考えてる間、さっきのロケハンのビデオを映しておいてくれ」

若旦那が、宮崎さんに言った。

プロジェクターとビデオカメラを接続し、宮崎さんは巻き戻しのボタンを押した。

「さて、どの作品を掛けようか……」

八ミリフィルムの入ったプラスチックケースを前に、若旦那がうれしそうに腕を組んだ。

生まれたばかりの赤ちゃんを見る、子煩悩《こぼんのう》なパパさんみたい。

「よし、これにしよう」

若旦那が、『Ｎｏ．３』と書かれたケースを持つ。

「これも、推理ドラマ風に撮った作品なんだ。前に撮った『虹北商店街の首切りの池』は、恭助君に簡単に謎を解かれたじゃないか。だが、果たして、この謎は解けるかな？」

『Ｎｏ．３』の作品――若旦那以外、プロットを知らずに撮りあげた映画だ。（そうか……推理ドラマ風のストーリーだったのか……）

「どんな筋書きなんです？」

恭助が、「わー、おもしろそうだな。早く見たいな」という雰囲気を、目一杯装って訊いた。

恭助に、このような社交性がついてきて、わたしはうれしい。

「謎の事件が続発するところから、映画は始まる――」

若旦那が、真剣な口調で言う。

「始めの事件は、商店街の犬が棒で叩かれるというものだった。続いて、雀荘『どたぬき』で、ロンが禁じられる。その次には、フラワーショップ『花花』が突如店仕舞いをして、団子屋を始めるんだ」

そうだった、そうだった……。

わたしは、残暑の中、わけもわからずに撮影したことを思い出す。

他にも、公園のベンチで休むお年寄りに冷たい水をプレゼントしたり、安売りのフィル

ムを大量に買うシーンを撮ったりした。(結局、このフィルムは古すぎて使えなかった)

「謎を解くのは、名探偵三毛犬寅二郎《みけいぬとらじろう》。彼は、事件の共通点を発見し、全ての謎を解いてしまった」

共通点……?

こんなバラバラの出来事に、共通点なんかあるの?

「そして、三毛犬寅二郎は、事件を陰で操《あやつ》る者の正体に気づく!」

「ちょっと、いいですか――」

興奮してストーリーを説明する若旦那を、恭助が遮《さえぎ》った。

わたしは、恭助の顔を見る。

目――いつも、昼寝してる猫みたいに細い目が、右目だけ大きく見開かれている。

「ひょっとして、事件を陰で操る者って、宗教団体ですか?」

それを聞いた若旦那の顔……ひどく驚いている。

宗教団体?

いったい、恭助は何を言おうとしてるんだろう?

「正解ですか?」

恭助が、若旦那の顔を覗き込む。

若旦那の口から、

「正解だ……」

という言葉がこぼれた。

そうか、正解なのか……。でも、聞いてるわたしたちには、さっぱりわからない。

恭助の目は、元の細さに戻っている。

そして、由美子さんの煎《い》れた紅茶を飲み、ケーキを食べる。

しばらく待ったけど、何も言わない……。

「こら、恭助！」

わたしは、恭助の後頭部を右フックで叩いた。

ケーキに顔から突っ込む恭助。

「……ひどいなぁ、何するんだよ、響子ちゃん」

恭助の眉毛や口に、白い生クリームがついて、ますますサンタさんに似てくる。

「何、ケーキ食べてくつろいでるのよ！　ちゃんと、謎解きしなさいよ！」

わたしに言われ、恭助はチラリと若旦那を見る。

若旦那は、肩をすくめた。

「わたしのことは、気にしなくてもいい。謎を解かれた段階で、わたしの敗北だ。潔《いさぎよ》く、名探偵の謎解きを聞こうじゃないか」

そう言われても、まだ恭助は躊躇《ためら》っている。

だけど、わたしが手に持ったケーキの皿を見て、大人しく話し始めた。

「犬が棒でいじめられてるのと、『花花』が団子屋を始めたっていうので、わかったんだ」

恭助は、わかったって言うけど、聞いてるわたしはわからない。

「いろはカルタです。――犬がいじめられるのは、『犬も歩けば棒にあたる』。『花花』が団子屋になったのは、『花より団子』ですね」

恭助に見つめられ、若旦那がうなずいた。

なるほど……。

なんとなく、わたしにも見えてきた。

お年寄りに冷たい水をあげたのは、『年寄りの冷や水』。安いフィルムを大量に買って無駄にしたのは、『安物買いの銭失《ぜにうしな》い』ってわけね。

でも、それが宗教団体と、どう関係してるんだろう。

「犯人は、カルタ教団――若旦那は、そう言いたかったんですね」

「そのとおりだよ、恭助君」

若旦那が、両手を広げる。

「わたしは、この映画をタダの推理ドラマにしたくなかったんだ。物質文明に侵された現代、カルタ教団の存在は社会的にも問題になってきているからね。そういった社会的な問題提起もやりたかったんだよ」

「………」

わたしたちは、熱弁する若旦那を冷ややかに見ていた。

でも、誰かが言わないと……。

「若旦那、若旦那……」

わたしは、若旦那をチョイチョイとつついた。

「カルタ教団じゃなくて、カルト教団でしょ」

一瞬、目を見張った若旦那の顔が、すぐに元に戻る。

「たとえカルタだろうがカルトだろうが、些細な問題だ!」

断言する。

……情けない。わたしは、こんな人と一緒に、映画を撮ってたのか……。

だから言いたくなかったんだよって顔をする恭助。

部屋の中に、冷たく重い空気が流れた。

「『骨折り損のくたびれ儲《もう》け』というオチがつきましたね」

宮崎さんが、明るく言った。

ますます、空気は冷たくなった。

「あれ、これはなんですか？」

場の雰囲気を変えようと、恭助がスクリーンを見た。

ロケハン用のビデオは全て巻き戻り、今日の朝、公園の階段に残っていた足跡が映っている。

「何、不思議な足跡を見つけてね。ただ、冷静に観察すれば、すぐに謎は解けたよ」

若旦那が、さりげなく言う。

どうやら、カルタ教団の呪縛から解放されたようだ。（立ち直りの早い人だ……）

そして、朝、わたしたちにしてくれた謎解きを、恭助に話す。

「わかってみたら、他愛ない謎だろ？」

若旦那の言葉に、恭助は反応しない。

シーツのスクリーンを、じっと見つめている。その目が、宝石のように大きく丸い。

どうしたんだろう……？

「恭助……」

わたしは、恭助に呼びかける。

「え？　ああ……」

夢から覚めたような顔の恭助。

そして、慌てて言う。

「さすが、若旦那ですね。実に、おもしろい推理です……」

そうは言ってるけど、なんとなくいつもの恭助と違う。

おかしい……。


次の日、わたしと恭助は虹北市民病院へ向かった。

昨夜の雪で、町は白くデコレーションされている。

「あの、響子ちゃん……。この格好、恥ずかしいんだけど……」

新しいケーキの箱を持ったわたしの後を、サンタの衣装を着た恭助がついてくる。

「もうちょっと我慢してよね。お見舞いが終わったら、脱いでもいいから」

わたしには、恭助がサンタの衣装を恥ずかしがるのが、不思議だ。

だって、普段着てる黒マントの方が、もっと恥ずかしいよ。

そして、わたしは、もう一つ不思議なことを訊いた。

「ねぇ、恭助。昨日、足跡のビデオ見てて、様子がおかしかったじゃない。どうしたの？」

「……データの過不足だよ」

ボソリと、恭助が言う。

「若旦那の推理は、おもしろかったよ。でも、データを見落としてる部分があった。ほら、若旦那の推理では、足跡がサンダルだったって説明ができてないだろ」

確かに……。

この寒いのに、雪の階段を、どうしてサンダルでのぼったのか？　——若旦那の推理では説明できてない。

「じゃあ、若旦那の推理は、間違ってるの？」

この質問には、首を横に振った。

「まだ、なんとも言えない。ぼくは、日本にいなかったからね。データが足りないんだ」

亜矢ちゃんの病室をノックすると、恵美子さんが出てきた。

昨日より、顔が明るい。きっと、仕事が一段落して、これから亜矢ちゃんと一緒にいられるからなんだろうな。

「こんにちは。今日は、友だちのサンタさんも連れてきたの」

亜矢ちゃんに、クリスマスケーキの箱を渡し、恭助を前面に押し出す。

「メリークリスマス、亜矢ちゃん」

恭助が、大きな白い手袋の手で、亜矢ちゃんと握手する。

何も打ち合わせしてないけど、ちゃんと恭助はサンタさんを演じてくれている。

「わー、本物のサンタさんだ！」

喜ぶ亜矢ちゃん。枕元に、『月にはウサギのサンタさん』の絵本が置いてある。

「ねぇ、戦車のオジサンは？」

亜矢ちゃんに訊かれて、恭助が小声でわたしに訊いてくる。

「誰、戦車のオジサンって？」

「後で、教えてあげる」

わたしは、恭助にサンタの演技を続けるように、背中を押した。

亜矢ちゃんは、恭助を本物のサンタだと思ってるのか、すごくうれしそうだ。

「うれしいな。昨日の夜は、ウサギのサンタさんが来てくれたし、今日は本物のサンタさんが来てくれたんだ！」

昨日の夜……？　ウサギのサンタさん……？

「ウサギのサンタさん、来てくれたの？」

わたしが訊くと、亜矢ちゃんは大きくうなずいた。

横で、恵美子さんが説明してくれる。

「昨日の夜、部屋の外に、お餅とウサギの縫いぐるみが置かれていたんです。それを見て亜矢は、『ウサギのサンタさんが来た』って——」

「本当だよ！　本当に、ウサギのサンタさんは来たんだから！」

唇を尖らせて、亜矢ちゃんがお母さんに抗議する。

「看護婦さんも言ってたもん。階段をおりていく、大きなウサギさんの頭を見たって」

一生懸命説明してくれる亜矢ちゃん。

「看護婦さんはウサギのサンタさんを知らないから、ビックリして大声を出したんだけど、本当にウサギのサンタさんは来てくれたんだよ！」

大声？　ひょっとして、昨日の夜、わたしたちが聞いた叫び声のことかな。

「大きなウサギさんって、どれくらい？」

恭助が、亜矢ちゃんに訊く。

「こ〜れくらい！」

亜矢ちゃんが、両手を広げて大きな円を描く。

……大きいじゃない。

「あのね、お月様は、ジューリョクが、ちょっとしかないの。だから、ウサギさんも、すっごく大きくなるのよ!」

うーん、納得できるような、納得できないような。

「でも良かったね。ウサギのサンタさんが来てくれて」

恭助が、亜矢ちゃんに言う。

「うん。でも、ウサギのサンタさん、わたしの本当に欲しいもの持ってきてくれなかったから、ちょっとガッカリなの」

そういや、昨日、亜矢ちゃんはサンタさんに欲しいものがあるって言ってた。

「亜矢ちゃんは、何が欲しかったの?」

恭助が訊く。

「あのね――」

言いかけた亜矢ちゃんを、わたしは慌てて止めた。

「亜矢ちゃん、いいの? 戦車のオジサンには言わなかったのに、わたしたちが聞いて?」

「うん、いいよ。お母さんも、知ってるもん!」

その言葉に、恵美子さんが顔を伏せる。

「あのね、わたし、お父さんが欲しいの！」

そうか……。わたしは、亜矢ちゃんが宮本さんには秘密にしていた理由がわかった。

亜矢ちゃん、宮本さんに、お父さんになって欲しいんだ。

恭助は、ジッと亜矢ちゃんを見つめている。

白い眉毛の下の目が、大きく見開かれている。

そして、優しく言った。

「わかったよ、亜矢ちゃん。亜矢ちゃんのお願い、確かにサンタのお兄さんは聞いたからね」

亜矢ちゃんの笑顔が弾《はじ》ける。

「本当！　約束だよ、サンタのオジサン！」

恭助が白い手袋を脱いで、亜矢ちゃんと指切りする。

その背中が、

「オジサンじゃなくて、お兄さんなんだけどな……」

と言っていた。

ウサギは　かんがえました。
おもちは　たくさんできました。
サンタの　ふくも　ちゃんとできています。
でも　どうやったら地球へ　いけるのか？
ウサギは　かんがえました。
ひこうきを　つくりました。
しっぱいしました。
ろけっとも　つくりました。
しっぱいしました。
そして　ウサギは　おもいだしたのです。
小さかったとき　おかあさんが　うたってくれた　うたを——。

ウ～サギ　ウサギ
なに　みて　はねる
じゅうごや　お地球《ちきゅみ》さま

みて　は〜ねる
ウサギは　あしに　ちからをいれると
えい！
おもいっきり　はねました。
月の　少ししかない　じゅうりょくが
ウサギの　からだを　たかくたかく　はねあげます。
ぴょ〜ん　ぴょ〜ん！
ぴょ〜ん　ぴょ〜ん！
おもちをもって　サンタのふくをきた　うさぎは
地球にむかって　おもいっきり　はねました。

病院からの帰り道、わたしは恭助に宮本さんのことを話した。
宮本さんが、恵美子さんや亜矢ちゃんを好きなことは、わかってる。
恵美子さんも亜矢ちゃんも、宮本さんを好きだろう。

でも、お父さんにってのは、どうなんだろう……。

「ねぇ、大丈夫なの？　亜矢ちゃんと指切りしちゃって——」

わたしは、前を歩く恭助に訊いた。

「大丈夫だとは思うけどね」

振り返らず答える恭助。

もう一つ訊きたいことがある。

「ねぇ、昨日の夜、ウサギのサンタさんが現れたっていうけど、あれ、なんなの？」

「うーん……」

赤い帽子を被ったまま、恭助が頭をかく。

「ひょっとして、ウサギのサンタさんの正体は——宮本さん？」

恭助が振り返った。

大きな丸い目が、わたしを見る。

「響子ちゃんは、どう思う？」

えーっと……。

確かに、宮本さんがウサギのサンタさんのような気がする。

でも、宮本さんは車椅子に乗っている。

エレベータを使わず、亜矢ちゃんの病室まで行けるわけがない。

考え込んでしまったわたしに、恭助がニッコリ微笑む。

「今から、宮本さんのところに行くから、訊いてみようよ」

このとき、わたしは思った。

恭助には、全《すべ》ての謎が解けている。全ての謎を解いたうえで、一番よい解決方法を探している。

「恭助――」

わたしは、最後の質問をした。

「『月にはウサギのサンタさん』、読んだことあるの?」

恭助は、うなずいた。

「……でも、ぼくが欲しかったものを、ウサギのサンタさんは、持ってきてくれなかったよ」

その言い方が、あまりに寂しそうだったので、恭助の欲しかったものが何かを、わたしは訊くことができなかった。

宮本スポーツ店に行くと、宮本さんは地域交流センターへバスケットの練習に行ってると、店員さんが教えてくれた。
わたしと恭助は、交流センターへ行く。
交流センターの体育館では、宮本さんが一人でボールを突いていた。
寒々としたフロアに、ドリブルのダムダムという音が響いている。
ランニングを着た上半身から、湯気が立っている。
よく見ると、宮本さんの車椅子が、昨日の物と違う。
タイヤが、地面に対して直角でなく、下の方が広がっている。
宮本さんは、右手でボールを突きながら、左手でタイヤを押している。
ギシュッ、ギシュッという音が聞こえてくる。
タイヤのゴムの焦げる臭いが、わたしたちのところまで漂ってくる。
亜矢ちゃんが、戦車のオジサンと言っていたわけがわかった。
フロアを駆け巡る宮本さんは、まさに戦車のオジサンだ。
ボールを腿《もも》のところに載せ、両手で車椅子を走らせる。
ゴール下で車椅子が止まり、宮本さんがボールを構えた。
右手が真っ直ぐ伸び、手首がボールを押し出す。
無駄のない、きれいなフォームだ。

ボールが、ゴールネットをくぐるパシュッという音。

宮本さんが、わたしたちに気づいた。

「なんだ、見てたのか……」

白い息を吐きながら、宮本さんがわたしたちのところに来た。

恭助が、フロアに置いてあったタオルとスポーツウエアを渡す。

「恭助君、日本へ帰ってたんだ」

汗を拭きながら、宮本さんが言った。

「それはそうと、なんでそんな格好をしてるんだ？」

サンタの衣装を見て、宮本さんは不思議そうだ。

「ぼくは、昨日からサンタさんなんです」

恭助が、宮本さんの前に座る。

「それで、亜矢ちゃんからクリスマスプレゼントのリクエストを受けて、ここへやってきました」

「へぇ……。亜矢ちゃん、恭助君には、何が欲しいか言ったんだ」

宮本さんの言い方、ちょっぴりジェラシーが感じられる。

「亜矢ちゃん、お父さんが欲しいって言ってました」

汗を拭く宮本さんの手が、恭助の言葉を聞いて止まった。

恭助が、背負っていた白い袋を広げる。

「この袋に入ってもらうには、宮本さんは大きすぎますね。すみませんが、車椅子で一緒に来てくれますか」

宮本さんは、答えない。タオルを広げ、顔を埋めるようにして、汗を拭く。

「……えーっと、恭助君。まぁ、落ち着いて、ちょっと座りなさい」

「ぼくは、もう座ってますけど――」

「ああ、そうだな……」

宮本さん、うろたえてる。

わたしたちと目を合わさず、忙しそうに汗を拭く。

「昨日、ウサギのサンタさんが病院に現れたそうです」

ジッとタオルを見つめる宮本さん。

何も言わない彼に、恭助が話しかける。

「あなたが、ウサギのサンタさんですね?」

宮本さんが、顔をあげた。

「……証拠は?」

宮本さんの目――静かな目だ。

なんの感情も表していない。

でも、恭助の言ってることには無理がある。

看護婦さんは、階段のところでウサギのサンタさんを見たって言ってる。

車椅子の宮本さんに、階段はのぼれない。

「気にしないでください。ぼくが、勝手にそう思ってるだけですから」

恭助が、微笑む。

「では、思ったことを勝手に話させてもらいます」

恭助の目が、丸い。

「亜矢ちゃんは、『月にはウサギのサンタさん』の本を、ずっと探していたそうですね。それを知ったあなたは、本をプレゼントすると同時に、ウサギのサンタさんに会わせてあげようと思った」

勝手に話し続ける恭助に、宮本さんは黙ったままだ。

「でも、エレベータに乗って病室へ行くことはできない。エレベータは、ナースステーションの前にありますからね。看護婦さんに気づかれてしまう」

恭助の言うとおりだ。

だから、わたしたちは階段を使おうとした。でも、車椅子の宮本さんに階段はのぼれない……。

「あなたは、階段をのぼったんです」

恭助が言った。

「おいおい、おれは足が無いから、車椅子に乗ってるんだぜ。そんな人間が、どうやって階段をのぼったって言うんだ？」

宮本さんが、恭助の言葉に反応した。

「あなたが高校時代に体操のＩＨで優勝したことは、商店街の人ならみんな知ってます。あなたは、逆立ちして階段をのぼったんです」

「…………」

「もちろん、体操を止めてからは、かなり期間がある。だから、公園で練習しましたね」

公園……公園の階段についていた足跡！

あれは、宮本さんがつけたものだったんだ。

「若旦那たちが、映画撮影中に見つけました。若旦那は、あの足跡を子どものものだと推理しましたが、間違っています。それでは、足跡がサンダルだった説明ができません」

ここで恭助は、わたしの方を見た。

「スニーカーとサンダル、どちらの方が手にはめやすいと思う?」

「サンダルでしょうね……」

「その通り。サンダルだと、一度にはめることができる。でも、靴だと片手ずつしかはめられないから、とても苦労する」

そのとき、宮本さんが口を開いた。

「さっきも言ったけど、証拠はあるのか?」

「これは、証拠になりませんか?」

恭助が、宮本さんのスポーツウエアの上着を広げて、背中を見せる。

白い布地に、手書きのデザイン。

「看護婦さんは、階段を下りるウサギのサンタさんを見たって言ってるそうです。亜矢ちゃんに言わせると、両手を広げたくらいの大きさの頭が見えたそうです」

恭助が、ウエアを逆さまにする。

「車椅子を降りて、逆立ちする。あなたの足は、両膝から下がありません。すると、ズボンは膝のところで折れ曲がります。まるで、ウサギの耳が垂れてるみたいに。そして、このウエアのデザインを逆さまにすると——」

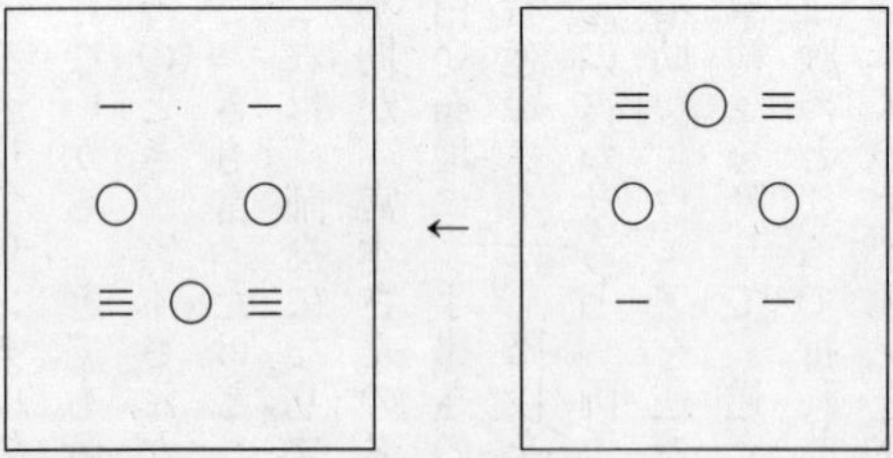

「ウサギの顔に見えますね」
恭助が微笑んだ。

宮本さんも微笑む。

そして、言った。

「なかなか可愛いデザインだろ」

ははは……。

わたしは、一人でウエアにウサギの顔を描いてる宮本さんを想像した。

デザインも可愛いけど、宮本さんのやってることも、かなり可愛いと思う。

「宮本さんは、部屋の前に『月にはウサギのサンタさん』が見つからなかったとき用のプレゼント――お餅とウサギの縫いぐるみを置いた。でも、どうして部屋の前にプレゼントを置いて引き返したんです？　中に入ってあげたら、亜矢ちゃんも喜んだのに」

「入れなかったんだ……」

宮本さんが、ボソリと呟く。

「部屋の前までは行くことができた。でも、そこからは、どうしても中へ入ることができなかったんだ」

握りしめた手の中で、タオルがクシャクシャになっている。

「どうして行けなかったんです？」

恭助が訊いた。

「……コントロールができなくなりそうだったからな」

コントロール……？

いったい、なんのコントロールができなくなりそうだったの？

「気持ちのコントロールだ。おれは、恵美子が好きだ。亜矢ちゃんを含めて、恵美子が好きなんだ」

そう言う宮本さんの顔。

怖いくらい、真剣で純粋な顔。

「あのとき、亜矢ちゃんの病室へ入ったら、その気持ちに歯止めがかからなくなりそうだった……だから、おれは部屋の前で引き返したんだ」

宮本さんが、恭助に訊く。

「きみは、あの絵本を読んだことがあるのか？」

恭助がうなずく。

「じゃあ教えてくれ。最後に、ウサギは地球へ行けるのか？」

また、恭助はうなずいた。

「そうか……」

「気持ちを抑えてるのは、宮本さんが車椅子に乗ってるからですか？」

恭助の質問に、しばらく考えてから、宮本さんがうなずいた。

「そうですか……」

そして、恭助は何も言わない。

どうして、何も言わないのよ。

わたしは、魔術師《マジシャン》の恭助から言って欲しい。ウサギだって地球へ行ったんだ。宮本さんだって亜矢ちゃんと恵美子さんのところへ行けるよって。

なのに——なのに、恭助は何も言わない。

黙って、宮本さんの前に座ってる。

まったく……。

恭助は、勝手に謎解きを始めた。

だから、わたしも勝手に話させてもらう。

「それ、宮本さんが車椅子に乗ってるからじゃないでしょ！」

突然しゃべりだしたわたしに、宮本さんが驚く。

「本当は、臆病《おくびょう》だからです。恵美子さんも亜矢ちゃんも幸せにしてあげる自信がないから、車椅子に乗ってることを言い訳にしてるだけなんです」

恭助だってそうだ。

小学校のときからの不登校児。最終学歴は、小学校卒業。典型的な社会生活不適応者だ。

そして、恭助は、それらを理由に、わたしの気持ちを考えてくれない。

でも……でもね、わたしは恭助が好きだし、恵美子さんと亜矢ちゃんは、宮本さんが好きだ。

二人とも、周りに、こんなに好きだっていう人がいるっていうのに……。

どうして……どうして、わかってくれないんだろう……。

「…………」

宮本さんが、わたしに黙ってタオルを渡す。

ヤダ……。気づかないうちに、わたしの目から涙がこぼれてる……。

「……そうかもしれんな」

溜息をつくように、宮本さんが言った。

「どうしますか？」

恭助が、宮本さんに訊く。

「今のぼくは、通りすがりのサンタクロースです。亜矢ちゃんからプレゼントの希望を言われて、こうして宮本さんに会いにきました。ぼくとしては、あなたの首に縄をつけてでも、亜矢ちゃんと恵美子さんのところへ連れていきたいんですけどね――」

恭助が立ち上がった。

宮本さんに向かって、右手を出す。

「一緒に来てください」

「………………」

宮本さんは答えない。
二、三度、大きく深呼吸して、恭助に言う。
「車椅子に乗ってないおまえに、何がわかる――そう言ったら、恭助君《きみ》はどうする?」

「わかりますよ、ぼくは『魔術師《マジシャン》』ですから」

恭助も、宮本さんの目を正面から受け止める。

宮本さんの肩から、力が抜けた。

フッと微笑んで、

「サンタクロースじゃなかったのか」

宮本さんが、恭助の右手を持った。

わたしたちは、宮本さんを亜矢ちゃんの病室へ送り届けた。

「サンタさん、約束守ってくれたんだ」

亜矢ちゃんに喜んでもらって、恭助はうれしそうだ。

わたしと恭助は、亜矢ちゃんの笑顔を見て、病室を出た。

昨日、亜矢ちゃんは言ってた。今日、仕事が片づいたお母さんと一緒に、クリスマスパーティをするって。

二人でするパーティが三人になっただけ。

それは、本当に自然な流れ。

きっと、ウサギのサンタさんは、亜矢ちゃんの願いを叶えてくれる。


「ねぇ、宮本さんたち、うまくいくかな……」

商店街への帰り道。

わたしは恭助に話しかける。

「さぁね」

気のない恭助の返事。

「こっからは、ぼくらには踏み込めない領域だからね。何とも言えないよ。でも――」

「でも？」

訊いても、何も答えない恭助。

うん、言わなくてもわかるよ。たぶん、わたしと同じことを考えてるんだ。

わたしは、恭助が被ってる赤い帽子を奪うと、自分の頭に載せた。

「ご苦労様、恭助。もうサンタの衣装、脱いでいいよ」

「――この格好、けっこう気に入っちゃったよ」

恭助が、白い眉毛と髭を取る。

わたしたちは、虹《こ》北商店街《こ》に着いた。

歳末大商戦を迎えて、活気づいてる商店街。

恭助が、唐突《とうとつ》に言う。

「今度が最後だよ」

「え?」

わたしの足が止まる。

数メートル先で、恭助も立ち止まった。

振り返り、わたしの方を見る。

「今度、旅から帰ってきたら、もうどこにも行かない。ぼくは、虹《こ》北商店街《こ》にいるよ」

恭助が手を広げた。

アーケードから吊るされた多くのイルミネーション。

楽しそうな買い物客。

お好み焼き屋『一福《いっぷく》』から、スペシャル裏メニューの匂《にお》いが流れてくる。

中央広場の池では、野良犬のシロが、ひなたぼっこ。

わたしと恭助の間を、カメラを持った若旦那たちが駆け抜ける。

「二人とも、何をボーッと立ってるんだい。もう次の撮影が始まってるんだよ」

ドップラー効果を残して、若旦那たちは行ってしまった。

今日も、虹北商店街では、さまざまな人がさまざまな日常を過ごしている。

楽しいことも哀しいことも——さまざまなドラマが起こっている。

恭助が言った。

「虹北《こ》商店街《こ》が、ぼくの故郷だからね」

「恭助……」

わたしは、手を広げてる恭助に向かって走り出した。

地球にきた　ウサギは　たくさんの人に　おもちを　プレゼントしました。
そして　たくさんの人から　笑顔を　もらいました。

〈Fin〉

あとがき

どうも、はやみねかおるです。

講談社ノベルスの愛読者のみなさま、お久しぶりです。

『虹北恭助の新・新冒険』、いかがでしたか？（心の中で、題名を『虹北恭助の正月休み』と言い換えるのは、自由です）

☆

では、虹北恭助のシリーズの、これからの予定を書かせていただきます。

二〇〇二年冬現在、『マガジンZ』に、やまさきもへじ先生作画による『少年名探偵　虹北恭助の冒険　高校編』のマンガが連載されています。

ぼくは、この高校編の原作を『メフィスト』に書いています。

おなじみのキャラクター以外に、フランス人のミリリットル真衛門《しんえもん》や、ミス研会長の沢田京太郎《さわだきょうたろう》が出てきて、にぎやかな話になっています。

まとまったら、また読んでみてください。

そして、長編の予定が一つ。

フランスの古城で起こる人間消失と宝探しの話、『虹北恭助の冒険　仏蘭西《フランス》編』です。

恭助は、この事件でミリリットル真衛門と出会います。

この話は、プロットもできていて、すでに構成を太田さんにFAXしてあります。太田さんからは、お城の資料も送っていただき、いつでも書き出せる状況です。

なのに、なぜ書かないのか？

理由は一つ——プロットや構成を書いたノートが、見あたらないからです。

いろんな仕事が片づいたら、部屋の掃除をします。太田さん、すみませんが今しばらくお待ちください。

☆

では、各話の解説です。

第一話『春色幻想』

冬から春に変わる日って、ありますよね。

長かった冬が終わって、「今日から春だ！」って思える日に出逢うと、とてもうれしいです。

そんな日は、なんだかとても優しい気分になれます。

下らない争いごとなんかやってる場合じゃない！　って思えてきます。昨日までの悩み事も、押し入れの奥へ仕舞いこんで、新しい自分を引っぱり出したりします。

当然、新しい自分は、噂話《うわさ》で人を判断するようなことはしません。

目に見えるものに惑わされることなく真実を観ることができる目と、何が正しいかを判断するための知識、そして周りの人を幸せにすることができる心をもちたいです。

がんばります。

第二話『殺鯉事件』

ぼくは、手品が好きです。

手品の見せ方には、幾つかのパターンがありますが、好きなパターンに次のようなものがあります。

例えば、奇術師が帽子《ぼうし》を取り出します。

見ている方は、帽子から何かを取り出します。取り出すんだと、期待します。

奇術師が空っぽの帽子からウサギを取り出したりすると、不思議には思いながらも、

「ほうら、思った通りだ」

なんて言ったりします。

でも、その後、奇術師がウサギを十匹も二十匹も
舞台が、跳ね回るウサギでいっぱいになったとしたら――。

びっくりしますよね。

一度は、こちらの予想通りに演じながら、それを軽く上回る不思議を見せてくれる見せ方——最高です。

この『殺鯉事件』——読者のみなさまの多くは、鯉が殺された謎を簡単に解かれることでしょう。

でも、その後の展開で、みなさまを驚かそうとしています。

心優しい読者のみなさま、びっくりしてください。

それから、『カンキリサイクル』の元ネタは……書かなくてもわかりますよね。（西尾先生、勝手に使わせていただき、すみませんでした）

第三話『聖降誕祭』

書き下ろしです。

あまり知られてませんが、ぼくは講談社の児童文学新人賞でデビューしました。

教職現場にいるころは、童話を書いて子どもたちに紹介したりもしてました。

そんなぼくが、なぜ童話を書かずに推理小説へ行ったのか？

答えは書くまでもありません。本編中に載っている『月にはウサギのサンタさん』のレベルを見ていただければ、よくわかると思います。（それでも、はやみねに童話を書かせようという出版社がありましたら、ご連絡ください）

☆

最後になりましたが、感謝の言葉を――。

やまさき先生、『メフィスト』掲載時から、素敵なイラストをありがとうございます。やまさき先生のイラストが無かったら、恭助のシリーズは、とっくの昔に終わっていたことでしょう。(「やまさき先生のイラストが見たい!」って理由で、原稿を書いてたもんな……)

講談社文芸図書第三出版部の太田さんと唐木部長。いつも、お世話になります。ちゃんと締め切りを守るようにしますので、これからもよろしくお願いします。

そして、奥さんと二人の息子へ。毎日、ぼくが原稿を書きやすい環境を整えてくれて、ありがとう。来年、仕事が一段落したら、どっか旅行へ行こうね。

☆

では、また別の物語でお目にかかりましょう。

それまで、お元気で。

Good Night, And Have A Nice Dream.

Presented by……

【はやみねかおる　作品リスト】

2002年11月現在

◆講談社　わくわくライブラリー

『怪盗道化師《ピエロ》』　1990年4月刊

『バイバイ　スクール　学校の七不思議事件』　1991年7月刊

『オタカラ　ウォーズ　迷路の町のUFO事件』　1993年3月刊

◆講談社　青い鳥文庫

『怪盗道化師《ピエロ》』　2002年4月刊

『バイバイ　スクール　学校の七不思議事件』　1996年2月刊

〈名探偵夢水清志郎事件ノートシリーズ〉

『そして五人がいなくなる』　1994年2月刊

『亡霊《ゴースト》は夜歩く』　1994年12月刊

『消える総生島』　1995年9月刊

『魔女の隠れ里』　1996年10月刊

『踊る夜光怪人』　1997年7月刊

『機巧館《からくりやかた》のかぞえ唄』　1998年6月刊

『ギヤマン壺の謎』　1999年7月刊
『徳利長屋の謎』　1999年11月刊
『人形は笑わない』　2001年8月刊
『「ミステリーの館」へ、ようこそ』　2002年8月刊
〈怪盗クイーンシリーズ〉
『怪盗クイーンはサーカスがお好き』　2002年3月刊
◇青い鳥文庫創刊20周年記念企画本『いつも心に好奇心《ミステリー》！』収録作
『怪盗クイーンからの予告状』　2000年9月刊
◆講談社ノベルス
〈虹北商店街シリーズ〉
『少年名探偵　虹北恭助の冒険』　2000年7月刊
『少年名探偵　虹北恭助の新冒険』　2002年11月刊
『少年名探偵　虹北恭助の新・新冒険』　2002年11月刊

初出一覧

春色幻想　『メフィスト』2002年５月号掲載
殺鯉事件　『メフィスト』2002年９月号掲載
聖降誕祭　書き下ろし

＊小説現代臨時増刊号『メフィスト』からの収録にあたり、改題・加筆訂正がなされています。

少年名探偵《しょうねんめいたんてい》　虹北恭助《こうほくきょうすけ》の新《しん》・新冒険《しんぼうけん》

二〇〇二年十一月五日　第一刷発行

KODANSHA NOVELS

定価はカバーに表示してあります

著者―はやみねかおる

© KAORU HAYAMINE 2002 Printed in Japan

発行者―野間佐和子

発行所―株式会社講談社

東京都文京区音羽二-一二-二一

郵便番号一一二-八〇〇一

編集部〇三-五三九五-三五〇六

販売部〇三-五三九五-五八一七

業務部〇三-五三九五-三六一五

印刷所―大日本印刷株式会社

製本所―有限会社中澤製本所

落丁本・乱丁本は購入書店名を明記のうえ、小社書籍業務部あてにお送りください。送料小社負担にてお取替え致します。なお、この本についてのお問い合わせは文芸図書第三出版部あてにお願い致します。本書の無断複写（コピー）は著作権法上での例外を除き、禁じられています。

N.D.C.913　218p　18cm

ISBN4-06-182287-X

講談社ノベルス
20周年記念企画

講談社ノベルス創刊20周年記念
密室本
メフィスト賞作家
特別書き下ろし作品

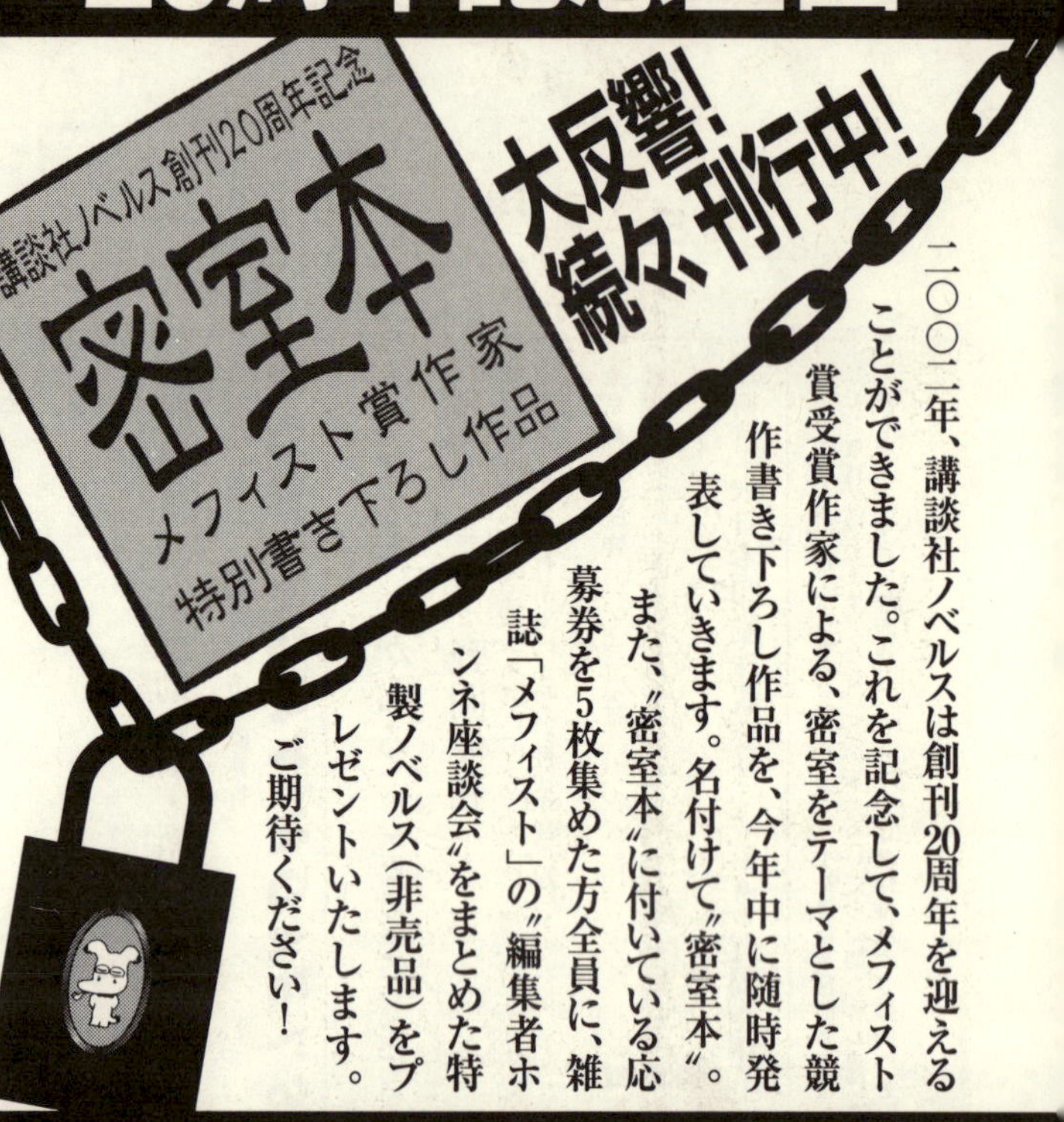

大反響！
続々、刊行中！

二〇〇二年、講談社ノベルスは創刊20周年を迎えることができました。これを記念して、メフィスト賞受賞作家による、密室をテーマとした競作書き下ろし作品を、今年中に随時発表していきます。名付けて〝密室本〟。

また、〝密室本〟に付いている応募券を5枚集めた方全員に、雑誌「メフィスト」の〝編集者ホンネ座談会〟をまとめた特製ノベルス（非売品）をプレゼントいたします。

ご期待ください！

〈既刊〉
森 博嗣『捩《ねじ》れ屋敷の利鈍《りどん》』
高田崇史『QED 式の密室』
高里椎奈『それでも君が ドルチェ・ヴィスタ』
積木鏡介『芙路魅Fujimi』
霧舎 巧『四月は霧の00《ラブラブ》密室』
舞城王太郎『世界は密室でできている。』
浦賀和宏『浦賀和宏殺人事件』
殊能将之『樒／榁』
石崎幸二『袋綴じ事件』
佐藤友哉『クリスマス・テロル』
西尾維新『クビツリハイスクール』
蘇部健一『木乃伊《ミイラ》男』
秋月涼介『迷宮学事件』

〈近刊予定〉黒田研二
・
・
以降、続々刊行予定

小説現代増刊

メフィスト

今一番
先鋭的なミステリ専門誌

◉年3回(4、8、12月初旬)発行

講談社 最新刊 ノベルス

はやみねかおる入魂の少年「新本格」!
はやみねかおる
少年名探偵虹北恭助の新冒険
あの少年名探偵・虹北恭助が帰ってきた! 全編に満ちる新本格スピリット!

はやみねかおる入魂の少年「新本格」!
はやみねかおる
少年名探偵虹北恭助の新・新冒険
傑作書き下ろし『聖降誕祭』をふくむ中編集! みなぎるミステリ者魂!

読みたくても、読めなかった傑作選II
西村京太郎
午後の脅迫者
西村京太郎の長いキャリアの中でも、トリックの技が光る秀作揃いの短編集。

〈戯言シリーズ〉最新・最大傑作!
西尾維新
サイコロジカル(上)　兎吊木《うつりぎ》垓輔《がいすけ》の戯言《ざれごと》殺し
玖渚友のかつての「仲間」を救出すべく謎めいた研究所へ向かう「いーちゃん」は!?

〈戯言シリーズ〉最新・最大傑作!
西尾維新
サイコロジカル(下)　曳《ひ》かれ者の小唄《こうた》
……………………………………………………。

「千波くんシリーズ」第3弾!!
高田崇史
試験に出ないパズル　千葉千波の事件日記
大好評の論理パズル短編集。今回はなんと、有栖川有栖氏の解説付き!

長編本格推理
内田康夫
不知火海《しらぬいかい》
謎の光芒を追って浅見光彦は九州へ飛んだ。桐箱の髑髏はなにを語る!?